Wilhelm Jensen

Der Tag von Stralsund

Leseklassiker

Wilhelm Jensen

Der Tag von Stralsund

ISBN/EAN: 9783955631390

Auflage: 1

Erscheinungsjahr: 2013

Erscheinungsort: Bremen, Deutschland

Leseklassiker

Wilhelm Jensen.

Der Tag von Stralsund.

Ein Bild aus der Hansezeit

von

Wilhelm Jensen.

Leipzig.
Max Hesses Verlag.

Die Weltgeschichte ist ein seltsames Buch, zugleich von unerschöpflichem und von einfachem Inhalt. Auf jeder seiner zahllosen Seiten bringt es Neues, zuvor noch nicht Gewesenes, und doch wiederholt es auch immer nur Altes, schon früher Geschehenes. Seine Berichte sind mehr trübe als freudig, dienen dem Lesenden seltener zu einer Emporhebung, als zu einer Bedrückung des Gemüts. Nicht häufig erfüllen sie ihn mit einem Stolzgefühl, der Menschheit anzugehören, von deren Trachten und Tun das Buch Zeugnis ablegt. Denn kaum findet sich ein Blatt darin, das nicht mit Blutflecken bedeckt wäre. So weit Überlieferungen zurückreichen, verkünden sie gleichmäßig bei allen Völkern der Erde, den geistig vorgeschrittenen, wie den niedrigststehenden, wenig von einem goldenen Zeitalter des Friedens, der Eintracht und Freundschaft, genügsamer, gerechter und menschlicher Sinnesart. Fast überall vernehmen wir nur von eiserner Zeit unterlaßloser Kämpfe und Kriege, der Gewalttat, Herrschsucht und Willkür, des Hasses, der Habgier und Grausamkeit. In stille Verborgenheit des Einzeldaseins zieht das Edlere, das Milde und Schöne sich zurück; auf der weiten Schaubühne des Lebens toben mit seltener Unterbrechung die Zwietracht, der Streit, von der Eigensucht erzeugt und die Roheit nährend.

Lernen wir etwas aus der Betrachtung dieser Weltgeschichte, oder führt sie uns nur millionenfache Auftritte eines sinnlos verworrenen Lärmstückes vorüber? Fast will's so erscheinen, daß die Nachfolger äußerst geringen

Erfahrungsnutzen aus der Hinterlassenschaft ihrer Vor-
gänger ziehen. Bei allen Wandlungen der Zeiten bleiben
die Bedingungen des Menschheitslebens die nämlichen, und
aus ihnen erwachsen die gleichen Triebe und Taten. Einen
Besserungsvorschritt haben die letzten Jahrhunderte wenigstens in der Mehrzahl der Länder Europas, die sich
„Kulturländer‘ benennen, gebracht, innerhalb desselben
Volkes den mittelalterlichen Kämpfen aller gegen alle ein
Ende gesetzt. Daß es möglich sei, dem Drängen der selbständigen Völker wider einander jemals durch Schieds-
sprüche ein gleiches Ende zu bereiten, ist eine Torheit,
die nur in einsichtslosen Köpfen ihr kindliches Wesen
treiben kann.

Denn eines lernen wir doch als unabänderlich aus
der Weltgeschichte, die Wahrheit des Ausspruchs Spinozas:
„Unusquisque tantum juris habet, quantum potentia
valet‘. Dem verlieh der große Friedrich mit anderem
Wort Ausdruck, als er seinen Kanonen die Inschrift ein-
graben ließ: „Ultima ratio regis‘; in unseren Tagen
würden wir sie in „Ultima ratio nationis‘ umwandeln.
Die Geschichte lehrt, daß es stets so war, als eine Natur-
notwendigkeit, die man beklagen, doch nicht ändern kann,
so ist und in aller Zukunft so bleiben wird. Prägen auch
die Kulturvölker ihrem Staatsgebäude die goldene Inschrift
auf: Jus fundamentum civitatis, die Geschichte aller
Zeiten, und nicht am wenigsten die der neuesten lehrt, daß
zwischen Völkern einzig die Kraft das Recht behauptet.

* *

So sahen auch die ersten Jahrzehnte des 15. Jahrhunderts fast alle Länder Europas von Stürmen und Un-
gewittern übertobt, in manchem noch wilderer Art, als
das vergangene sie gekannt. Im Westen warf der König

Heinrich V. von England seine Heermassen über den Kanal, dem schwachsinnigen König Karl VI. von Frankreich Krone und Reich zu entreißen; jahrelang durchwütete und verwüstete der Krieg die französischen Lande. In kleinerem Maße vollbrachte gleiches der Herzog von Burgund, ‚Philipp der Gute‘ benannt, bemächtigte sich gewaltsam der Besitztümer Jakobäas von Holland, trennte dies, den Hennegau und Luxemburg, alte deutsche Lande, vom deutschen Reich ab, das bald danach auch das Herzogtum Lothringen an einen Verwandten des französischen Königshauses verlor. Eroberungssucht und Beutegier schwangen von den Thronen herab die Brandfackel über Städte und Erntefelder; neben dem im Tageslicht sich rotfärbenden Schwert des Soldknechts schlich im Dunkel der Dolch des Meuchelmörders, von Fürsten gegen Fürsten abgesandt. Die Bluttaten der Hochstehenden verzeichnete die Geschichte, den Untergang und Jammer der Niedrigen begrub sie wie immer unter dem Bahrtuch des Schweigens und der Vergessenheit.

Eine Zeit der tiefsten Schwäche des ‚Heiligen römischen Reichs deutscher Nation‘ ist's, von den Namen der drei Kaiser Wenzel, Ruprecht von der Pfalz und Sigismund gekennzeichnet. Die kaiserliche Macht hat sich zur Ohnmacht, zum Spott und Spielzeug ihrer Gegner verwandelt, der kleinen, wie der großen. Im Innern des Reiches sprechen ihr Hunderte von unbotsamen Kurfürsten, Herzögen, Grafen, Bischöfen und Herren aller Arten Hohn, sich bald so, bald so untereinander und gegeneinander verbündend. In rastlosen Kämpfen unterliegt der Schwächere, erbeutet der Stärkere Gewinn; als selbstverständlich sieht die Zeit es an. Denn der ‚Landfrieden‘ steht als Satzung nur auf dem Blatt, überall fehlt die Kraft, ihm Geltung zu erzwingen. Sowohl dem Großen gegenüber, wie dem

kleinen Faustritter, dem gemeinen Buschklepper. Wie auf
den Schlachtfeldern entscheiden auch auf den Straßen und
Wegen nur die besseren Waffen, behüten den einzelnen
vor Überfall und Raub. Das Recht hängt allein von der
Kraft ab; hilf dir selbst! ist der Wahlspruch aller.

Von außen her drohen die Türken, fressen unterlaß=
los am siechen Körper des Reichs, dessen Heerkräfte zu=
gleich mehrfach in der lombardischen Ebene ihr Grab
finden. Doch das furchtbarste Brandgeschwür an seinem
Leibe bildet Böhmen, vom Hussitenaufstand durchtobt, den
die Verbrennung des Reformators Johannes Huß, trotz
kaiserlicher Geleitszusicherung, ins Ungeheure entzügelt. Ein
Krieg, so voll an Greueln, mit solchem Lodern des Hasses,
des Ingrimms, der Todesverachtung und tierischer Wut
geführt, wie's die Welt noch selten gesehen. Die rächenden
Vergelter des Treubruches Kaiser Sigismunds begnügen
sich nicht mit seiner Demütigung, sondern tragen in ver=
heerenden Kriegszügen den Schrecken ringshin weit in die
deutschen Lande hinein. Mit besonderer Gewandtheit be=
dienen sie sich des schon seit mehr als einem Jahrhundert
bekannten, doch bisher noch wenig zu erfolgreicher An=
wendung gelangten Schießpulvers, und ihr grobes Geschütz
erhöht überall das Entsetzen ihrer wilden Anstürme.

*   *   *

Aus dieser Zeit der Zerspaltung, Ohnmacht und Er=
niedrigung des Reiches, der scheulosen Gewalttat, Recht=
und Treulosigkeit hebt sich eine neue, seltsame und doch
menschlich wohl begreifbare Erscheinung auf. Schon seit
zwei Jahrhunderten ist sie in ihren Anfängen hervor=
getreten; die bedeutendsten Städte des Reiches sind hinter
fester Ummauerung durch das Anwachsen ihrer Bevölke=
rung und ihres Wohlstandes erstarkt, fühlen sich gleicher=

weise von der Unsicherheit aller Zustände, der Willkür fürstlicher und abliger Herren bedroht und die Notwendig= keit eines Schutzes dagegen aus eigener Kraft. So haben sie, besonders am Rhein und in Oberdeutschland, sich in mannigfacher Richtung von ihren Oberherren unabhängig zu machen gesucht, zur Erreichung dieses Ziels Bündnisse untereinander geschlossen. Fraglos sind diese städtischen Gemeinschaften die hervorragendsten, wenn zu der Zeit nicht die einzigen Vertreter des Rechtssinnes und vor= schreitender Bildung; aus dem Bürgertum hebt sich der Beginn einer langsam aufdämmernden neuen Welt= anschauung empor. Doch verfolgen sie bei ihrem Zu= sammenschluß nicht ideale Zwecke, sondern lediglich praktische, vor allem die Sicherung und Förderung ihres Handels, des Fundaments ihres Wohlstandes und ihrer Kraft. Un= bewußt aber bahnen sie damit auch einen geistigen Fort= schritt an, werden zu Aufhellern der mittelalterlichen Finsternis, gleichwie der Genueser Colon westwärts den Seeweg nach Indien suchte und eine neue Welt entdeckte.

Diese Bestrebungen der größeren Städte reichen mit ihren Anfängen schon bis ins 12. Jahrhundert zurück, je= doch erst die zweite Hälfte des 13. gewahrt die Entstehung eines Bundes an den nordischen Meerufern Deutschlands, der, mählich sich ausdehnend, ungefähr mit dem Beginn des 15. Jahrhunderts zur höchsten Stufe seiner Entwicke= lung aufsteigt. Eine Vereinigung der seehandeltreibenden Städte an der Nord= und Ostsee ist's, die nach der gleichen Sicherung auf dem Wasser trachten wie auf den Landwegen. Die Schiffe jeder einzelnen sind hilflos der Übermacht fremdländischer Fürsten und hohnlachender, wilder Seeräuber preisgegeben; so haben sie beschlossen, mit vereinten Kräften sich Recht und Schutz zu er= zwingen. Zuerst nur wenige der größeren, zu einem

taftenden Verſuch, doch raſch verdoppelt, verzehnfacht ſich
die Zahl. Auch die kleineren erkennen ihr Heil in dem
Anſchluß, erhöhen durch zahlreichen Beitritt die Stärke der
Geſamtheit; nicht nur am Meer belegene, ebenſo die
handeltreibenden Städte im niederdeutſchen Binnenland,
die nicht durch gewappnete Schiffe und Waffenträger, doch
durch Geldbeiſteuer die Macht des Bundes vermehren und
dafür ſich unter ſeiner Obhut bergen. Jetzt erſtreckt er
ſich von der eſthländiſchen Küſte bis zur niederländiſchen
an der Grenze Frankreichs, mehrfach ſogar bis gegen Ober=
deutſchland hinauf.

Es iſt ein ſtolzklingendes Wort, das zu jener Zeit
die ganze Nordwelt Europas durchhallt: „De dudeſche
Hanſe" — die deutſche Hanſa. Der Urſprung des Namens
liegt im Dunkel; ‚Hans‘ oder ‚Hanſa‘ bezeichnet ſchon
im Gotiſchen und Althochdeutſchen eine Genoſſenſchaft,
eine Kaufmannsgilde. Und als ſolche tritt die deutſche
Hanſa ins Leben, als ein Bund des ‚gemeinen Kauf=
manns‘, wie die Zeit ihn nennt, das heißt, der vereinigten
Allgemeinheit der Kaufleute.

Eine ſeltſame, nur aus den wirr=ſchwankenden Zu=
ſtänden jener Jahrhunderte erklärbare Genoſſenſchaft. Mit
wenig Ausnahmen keine Verbündung freiſelbſtändiger
Städte, die große Mehrzahl iſt Landesherren untertan,
jede einzelne, dieſer Angehörigkeit gemäß, dem ihrigen ver=
pflichtet, ſeinem Geheiß unterworfen. Und doch ſtehen in
der Geſamtheit der ‚Hanſe‘ alle unabhängig, ſelbſt ihr
Wollen und Tun beſtimmend, da; es entſpringt der Kraft
des Zuſammenſchluſſes, den die Herrſchſucht und Habgier
der unter ſich zerſpaltenen Fürſten nicht anzutaſten wagt.
Sie haben es bei dem Verſuch einer Gewalttat nicht mit
‚ihrer‘ Stadt zu tun, ſondern mit dem Bündnis des
‚gemeinen Kaufmanns‘ im ganzen deutſchen Norden.

Mit den wehrhaften Bürgern, der Geldmacht und Mauer=
festigkeit, den mit Feuergeschützen ausgerüsteten Kriegs=
koggen aller zu Schutz und Trutz vereinigten Städte.

Es ist ein hochtönendes, viel Schrecken wachrufendes,
viel heimlichen Ingrimm zum Lodern schürendes Wort:
De dudische Hanse. Mit niederdeutschem Namen nennen
sie sich, denn plattdeutsch ist ihre Sprache.

Gewaltiges umschließt das Wort an klugem Ratschlag,
Kraft und zielbewußter Tat, an Ausdauer und Vergangen=
heit, doch, der Unbeständigkeit aller irdischen Dinge unter=
worfen, bleibt die Hansa auch während ihres höchsten
Glanzes von inneren Zwistigkeiten, Zerwürfnissen, Neid,
Wankelmut und Abfall nicht frei. Oft durchtobt auch die
Straßen der Städte lauter Aufruhr, Parteien, Geschlechter
und Zünfte bekämpfen sich in ihnen auf Leben und Tod;
hier und dort wird das bestehende Regiment der Burge=
meister und Ratsherren gestürzt, ein neues aufgerichtet.
Das Blut der Unterliegenden färbt den Richtplatz, oder
noch rechtzeitig entkommen, rufen sie sich Beihelfer von
auswärts, um ihre Herrschaft zurückzugewinnen; Bestechung,
Verrat und Verschwörung drängen sich ein, lähmen nicht
selten von den erkrankten Gliedern aus die Kraft des Ge=
samtkörpers zu schwerer Schädigung für ihn auch nach
außen. Und dem bewußten Unrecht, mit dem die fürst=
lichen Machthaber überall die Zwecke ihrer Eigensucht ver=
folgen, ihrer Härte, Wildheit und grausamen Unmensch=
lichkeit setzen die trotzigen Bürger der Hansestädte mannig=
fach ebenso bewußt das Gleiche entgegen. Denn die
weichmütige Schwäche büßt Recht und Besitz ein, einzig
die eiserne Faust verbürgt Sicherung und Gewinn.

Aber trotz solchen Wechselfällen steht im Beginn des
15. Jahrhunderts die deutsche Hansa als beherrschende
Macht auf der Ost= und Nordsee von der russischen Küste

bis zur englischen da, hat ihr Hauptziel, sich die drei
skandinavischen Reiche, Dänemark, Norwegen und Schweden,
botmäßig zu machen, erreicht. Sie hat nach langem
Kampf ihren größten Gegner, den Dänenkönig Waldemar
Atterdag, zu Boden gebrochen, von Thron und Reich ver=
jagt, daß der ehedem auf seine Allmacht Überstolze land=
flüchtig, fruchtlos um Beihilfe bettelnd, in die Fremde
geirrt. Sie schreibt den skandinavischen Ländern Gesetze
vor, setzt dort Könige ab und ein. Denn die deutsche
Hansa, nur aus handeltreibenden, den verschiedensten Ober=
herren angehörigen Städten zusammengefügt, der ‚gemeine
Kaufmann‘ ist die gebietende Großmacht des Nordens ge=
worden, weil er die See beherrscht.

An der Spitze des Bundes als allseitig anerkanntes
Haupt steht Lübeck, neben ihm treten von Anfang her vier
seiner Nachbarn an der Ostsee hervor, Wismar, Rostock,
Greifswald und Stralsund, das letztere nach Lübeck die
zweite Rangstelle einnehmend. Diese fünf tragen den
Namen der ‚wendischen Städte‘; mit allen übrigen zum
Ostseegebiet gehörigen bilden sie die ‚Osterlinge‘, auf
denen die Hauptkraft der Hansa beruht. Doch stehen ihnen
im Westen, als die wichtigsten Bundesglieder an der
Nordsee, die ‚Westerlinge‘ Hamburg, Bremen und Emden
nicht nach, vor allem das niederländische Brügge, das an
Schiffzahl und Reichtum hervorragt; die ‚Brüggelinge‘
gelten als die feinsten unter den ‚Hansen‘, geben lange
Zeit hindurch in der Kleidung und im Benehmen den
‚guten Ton‘ an. Im ganzen haben schon an den Kriegen
gegen Waldemar Atterdag weit über hundert Städte direkt
oder indirekt Anteil genommen.

Das äußere Bild der hauptbedeutenden unter ihnen
zeigt sich, trotz den weiten räumlichen Entfernungen, der
Verschiedenartigkeit der Himmelsstriche merkwürdig über=

einstimmend; die nämliche Bauart, die ‚hansische‘, hat es gestaltet. Dorpat und Riga an der livländischen Küste, Wisby auf der schwedischen Insel Gotland, Amsterdam, Brügge, Köln, Soest und Münster bieten im allgemeinen dieselbe Erscheinung dar wie Bremen, Hamburg, Lübeck, Stralsund und Danzig. Über ihre trotzige, von breiten Gräben oder Wasserläufen umgürtete Mauerummwallung ragen, weithin sichtbar, hohe, nadelförmige Spitztürme der Kirchen empor, blicken auf ein Gewirr zumeist schmaler Gassen nieder, deren Häuser sämtlich hoch aufgetreppte, sich nur wenig unterscheidende Giebel in die Luft strecken; vielfach suchen überragende Stockwerke nach oben die Wohn= und Warenräume zu erweitern. Mächtige Rat= hausgebäude stechen daraus hervor, gewaltige Kirchen, stolzblickende Patrizierhöfe und Gildehäuser. Alle Städte erfüllt dasselbe ‚hansische‘ Leben, das Gleiche an Brauch und Tagesgewohnheit, Handels= und Gewerkbetrieb; über= all, in Esthland wie in Holland, herrscht im Verkehr die niederdeutsche, die hansische Sprache vor. Der große Ver= band besitzt vier Hauptniederlassungen, ‚Kontore‘, zur Wahrung und Betreibung seiner gemeinsamen Handels= interessen, zu Nowgorod, Bergen in Norwegen, Brügge und London. Doch noch an vielen anderen Orten spricht ein ‚deutscher Kaufhof‘, selbst im fernen Venedig ein Fondaco dei Tedeschi, von der stolzen Macht der ‚budeschen Hanse‘.

* * *

In den letzten Jahrzehnten des 14. Jahrhunderts sieht die skandinavische Welt eine Frau von überragendem Geist und ungewöhnlicher weiblicher Tatkraft. Waldemar Atterdag hat zwei Töchter, Ingeborg und Margarete hinter= lassen, die erste, ältere ist mit dem Herzog Heinrich von Mecklenburg, die zweite mit dem König Hakon von Nor=

wegen vermählt. So fällt rechtgemäß dem Sohne Inge=
borgs die Thronfolge in Dänemark zu, doch ihre jüngere
Schwester handelt mit rücksichtsloser schneller Energie und
gewinnt für ihr fünfjähriges Söhnlein Olaf die dänische
Krone. Dies Ziel erreicht sie durch die mächtige Unter=
stützung der Hansa, die, von den ihr gemachten vorteil=
haften Versprechungen vorbedachtlos verblendet, ihr Bei=
hilfe leistet. Nach dem Tode seines Vaters ist Olaf König
von Norwegen und Dänemark, für den unmündigen
Knaben führt seine Mutter die Herrschaft. Noch kaum
sechzehnjährig aber stirbt er, und unmittelbar danach wird
die bisherige stellvertretende Regentin nicht nur zur
Königin von Norwegen, auch zur „Fürstin des Reiches
Dänemark" erwählt.

Eine mit dem König Albrecht von Schweden zer=
fallene starke Adelspartei ruft sie gegen diesen zum Bei=
stand über den Sund und sagt ihr auch die schwedische
Krone zu. Rasch folgt sie der Aufforderung, das Kriegs=
glück ist ihr günstig, und im Jahre 1389 vereinigt sie in
ihrer Hand die Herrschaft über sämtliche drei skandinavi=
schen Reiche. Ihr mannhaft kühnes Wesen damit bezeich=
nend, gibt man ihr dort den Beinamen ‚Margarete
Sprengehest‘, im übrigen Europa benennt man sie die
‚Semiramis des Nordens‘. Die deutsche Hansa hat einen
gewaltigen, nicht wieder wett zu machenden Fehlgriff be=
gangen, daß sie in den Ländern ihrer Hauptgegner die
Vereinigung der drei Kronen auf einem Haupt nicht nur
geduldet, sondern selbst dazu behilflich gewesen ist.

Um diese Zeit spielt, unweit von der Hansestadt
Rügenwalde im östlichen Pommerlande, manchmal am ein=
samen Ostseestrand ein siebenjähriger Knabe mit farbigen
Steinen und Muscheln, die ihm die Wellen vor die Füße
spülen. Er wandert dorthin von einer nah' der Küste be=

legenen Burg, die, obwohl von Wall und Graben um=
geben, mehr nur einer großen ländlichen Hofstätte gleicht
als einem fürstlichen Schloß, obwohl der Herzog Wratis=
law von Pommern=Wolgast drin haust, der Vater des
kleinen Knaben.

Diesem bläst der Seewind dunkelbraunes Haargelock
um die Schläfen, zuweilen läßt er von seinem Spieltreiben
ab und sieht eine Zeitlang unbeweglich aus großauf=
geweiteten, hell und scharfgesternten Augen über die ufer=
lose Wasserfläche hin; in seinen Zügen liegt dann ein
horchender Ausdruck, als lausche er auf etwas durch die
Luft über die See Herkommendes. Doch gemeiniglich nur
immer das Gleiche ist's: Summen des Windes und ein
leis singender Ton der Wellen. Nur wenn der Sturm
von Norden her braust, wirft er zornig rauschende und
knatternde Wogen ans Ufer; das sind Stimmen des Auf=
ruhrs, die den Horchenden wie in einen Bann zu fesseln
scheinen. Er mag fühlen, daß der wütende Nord ihm
wie mit Dorngerten ins Gesicht peitscht, daß die kochende
See Gischt und Schaum bis über seine Knie herauf=
schleudert, doch er achtet nicht darauf, es tut ihm wohl,
und ein Funkeln sprüht zwischen seinen Lidern, als höre
er jetzt das, wonach sein Ohr sich gespannt.

Ein ungewöhnlich schöner Knabe ist's, mit eigen=
artigem, kühnem Schnitt des Antlitzes, drin die Augen
sich unter eine stark vorgewölbte Stirn zurückziehen, bei
dem Kinde schon von einem schweren Bogen dichter,
schwarzer Brauen überschattet. Bald um ein Jahrhundert
zuvor hat drüben jenseits der Ostsee der Strand der Insel
Seeland das nämliche Knabenbild gewahrt, gleich und doch
verschieden. Es hat auch so mit Muscheln und Steinen
gespielt, auch mit solchen Augen und Zügen aufs Meer
hinausgeblickt, doch nicht mit dunkel umrahmten, denn

König Waldemar Atterdag hatte dänisch blondes Haar.
Sonst aber gleicht ihm auffällig sein Nachkomme, der
Enkel seiner ältesten Tochter, der schönen Ingeborg, Erich
von Pommern. Nur hat bei diesem sich das ‚wendische‘
Blut der alten pommerschen Fürsten hinzugesellt, sein
anderer Ahnherr Swantibor, der heidnische wilde Todfeind
des Christentums, ihm das dunkle Scheitelgelock übermacht.
Das erhöht die Knabenschönheit Erichs von Pommern
noch über die weitberufene, alle Frauenaugen bezwingende
seines dänischen Urälterbaters hinaus.

Er ist ein Fürstensohn, doch nicht von fürstlichem
Prunk und Reichtum umgeben, die schmucklose Burg bei
Rügenwalde bezeugt's. Trotz einem ausgedehnten Land-
gebiet sind die Herzöge von Pommern-Wolgast, unter
brandenburgischer Lehnshoheit stehend, nur karg gestellt,
durch unglückliche Fehden mit streitbaren Nachbarn herab-
gekommen; im Innern trotzt ihnen aufsässiger Adel hinter
festem Gemäuer, und noch mehr tun's die fast ausnahms-
los dem Hansabund beigetretenen Städte, zu denen jenseits des Stettiner Haffs auch noch Stralsund und Greifswald
gehören. Sich das reichsfreie Lübeck zum Vorbild nehmend,
erhöhen sie in immer wachsendem Maße ihre Selbständig-
keit, versagen dem Landesherrn die Steuern, verschließen
ihm nach Gutdünken ihre Tore. Diese Unbotmäßigkeit
muß er schweigend dulden, zu einem Kampf mit der Macht
der Hansa reichen seine Kräfte weitaus nicht hin. Der
Herzog von Pommern-Wolgast führt in seinem Lande nur
eine Scheinherrschaft, keine wirkliche.

Das weiß oder fühlt der am Strand spielende Knabe.
Auch auf die Redeführung in seiner Väterburg hat er
mit frühreisem Verständnis gehorcht, weiß, daß er ein
Nachkomme des großen Waldemar Atterdag ist und daß
nach seiner Abkunft rechtmäßig die Königskrone von Däne-

marf ihm gehört hätte, nicht ſeinem Vetter Olaf von Nor=
wegen. Aber die budeſche Hanſe hat dieſem zu ihr verholfen.

Nicht nur das äußere Bild des Königs Waldemar
hat die Blutserbſchaft in dem Knaben Erich von Pommern
wiederholt, auch das innere Weſen desſelben hat ſie ihm
mitgegeben. Seine pommerſchen Vätervorfahren laſſen ihn
gleichgültig, er fühlt ſich als ein Sproß ſeines mütterlichen
Ahnherrn, deſſen Bild immer vor der Vorſtellung ſeiner
Augen und Gedanken ſteht. Begehrlich lauſcht er, wenn
von dieſem geſprochen wird, von dem unſchreckbaren Mut,
der Tapferkeit und verſchlagenen Klugheit, dem hochfahren=
den Königsſtolz Waldemars; von ſeiner beherrſchenden
Macht im ganzen Norden, ſeinem Sturz und Untergang,
ſeiner Verjagung von Thron und Reich. Das hat die
budeſche Hanſe getan.

In der Bruſt ſeines Urenkels lodert, von Jahr zu
Jahr ſtärker genährt, ein ohnmächtiger tiefer Grimm gegen
die budeſche Hanſe. Vor allem ein wilder Haß gegen
ſeines Vaters Stadt Stralſund. Sie hat mit Lübeck zu=
ſammen am meiſten die Erniedrigung des großen Dänen=
königs ins Werk geſetzt, und ſie iſt's, von der er täglich
hört, daß ſie, auf ihre Mauern und Wehrbürger, ihre
Stellung im Städtebund und ihren Reichtum pochend, am
trotzigſten, faſt mit unbemänteltem Hohn die Gebote ihres
Oberherrn mißachtet. Die Welt hat ſich verwandelt ſeit
den Tagen, in denen Waldemar mit ſtolzer Verachtung
auf die ‚Peberswende' herabgeblickt, jetzt zucken die Pfeffer=
geſellen geringſchätzig über die Fürſten ihre Schultern.
In dem Knaben Erich von Pommern ſchwillt und kocht
das Blut ſeines Urältervaters gegen den ‚gemeinen Kauf=
mann' auf bei der einbildneriſchen Vorſtellung, an den
Städtebürgern, der budeſchen Hanſe, der Stadt Stralſund
Rache üben zu können.

2 *

König Waldemar hat seinen Beinamen nach einem
oft von ihm im Munde geführten Wort erhalten: „Morgen
ist wieder — atter — ein Tag"; ein Tag, dessen kluge
Benutzung zustande bringen wird, was heute fehlgeschlagen,
und in der Handhabung dieses ‚morgen‘ ist er ein
Meister gewesen. Sein Urenkel baut am Strand aus
Tang und Steinen eine Mauerrundung auf — das ist
die verhaßte Stadt Stralsund — und er gräbt von ihr
eine breite Rinne im Sand bis zum Wasser. Dann ruft
er dies an und befiehlt den Wellen — das sind seine
Heertruppen — vorzurücken, die Wälle von Stralsund zu
erstürmen und niederzureißen. Doch sie folgen dem Gebot nicht, plätschern nur leis spielend in den Graben
hinein; es wird Abend, er muß zur Burg zurück, seine
Hand droht der Stadt noch einmal zum Abschied, und
er sagt dazu: „Morgen ist wieder ein Tag". Aber er
ist nicht Waldemar Atterdag und kein Herrscher über
die See. Das ‚morgen‘ und die nachfolgenden Tage
beweisen es ihm in gleicher Weise. Er kann seine Un-
geduld, die das Warten nicht länger verträgt, nicht zügeln,
und weil er Stralsund vernichtet sehen will, zerstört er
es wieder. Doch seine eigene Hand muß es tun; jemand
ist Zeuge des kinderhaften Treibens oder vernimmt davon,
und in der Hansestadt Rügenwalde dient den Bürgern der
Sohn ihres Herzogs zu spöttischer Belustigung.

Wie die Jahre weitergegangen, sieht die Ostsee Erich
von Pommern keine Knabenspiele mehr am Strand an-
stellen, doch gewahrt ihn dafür eines Tages, ungefähr
fünfzehnjährig, auf einem kleinen Fahrzeug westwärts der
pommerschen Küste entlang segeln; heimlich hat er die
Schloßburg verlassen, als ein gewöhnlicher Bauernjunge
verkleidet, die Neigung dazu scheint ihm auch als ein Erbteil von Waldemar Atterdag überkommen zu sein, wie

nicht minder ein anderes. Hochaufgewachsen hat er sich
früh zum Jüngling entwickelt, nach dem die Augen der
Mädchen gehen; ebenso aber richten die seinigen sich nach ihnen,
finden mit raschem Blick aus einer größeren Anzahl die
am meisten mit Reizen Begabte heraus. Die Phantasie
ist mächtig in seinem Kopf, sie treibt ihn heut' übers
Wasser fort; ihm ist zu Gehör gekommen, am Rand der
Insel Wollin in der Oderausmündung sei in grauer Vorzeit
eine große Stadt Jumne oder Julin, eine urbs Venetorum,
der Wenden, danach auch Vineta benannt, von der See verschlungen worden, doch bei heller Luft könne man ihre
Trümmer noch drunten unter den Wellen gewahren. Das
hat in seinem Kopf gezündet, er verwendet seinen gering-
fügigen Geldbesitz dazu, einen Schiffer zu dingen, der ihn
in seiner Schute dorthin bringt und noch anderes zu er-
zählen weiß. Auf dem Dünenhang neben der versunkenen
Stadt haben noch vor dieser die Jomsvikinger die Jomsburg erbaut gehabt und der dänische Seekönig Palnatoke
drin gehaust, der Schrecken aller Länder und Völker ringsum an der ganzen Ostsee. Als der nach unzählbaren
Heldentaten gefühlt, daß der Tod die Hand nach ihm
strecke, ist er im Vollmondschein zur höchsten Dünenkuppe
aufgestiegen, hat eine weiße Locke von seinem Scheitel ge-
schnitten und in die See drunten hinabgeworfen. Da
rauschen wie sturmgepeitscht die Wogen auf, Schiffe mit
blutroten Segeln steigen aus der Tiefe, ihre goldenen
Schnäbel flammen, auf den Kastellen klirren und rasseln
tausend Schwerter, Speere und Schilde, und von tausend
Lippen hallt's: „Du hast uns gerufen, Herr, aus unsrer
Meerrast!" Die Kriegsfahrtgenossen Palnatokes sind's,
die vor ihm von Sturm und Flut verschlungen worden;
nun grüßt er sie, und seine Hand winkt. Da birst der
Wasserschlund auseinander, das Vikingschiff des Seekönigs

hebt sich aus ihm empor, er tritt hinein, und die Segel umbauschen ihn wie ein Purpurmantel. Mit Waffenklang und Jubelgesang seine Heldentaten und seinen Ruhm preisend, umringen ihn seine Vasallen und geben dem alten Recken das Totengeleit zum Meeresgrund hinunter.

Auch eine Mondnacht ist's, in welcher der Schiffer während der Fahrt an der pommerschen Küste entlang seinem jungen Begleitsmann davon erzählt, und am andern Tag gegen Sonnenuntergang landen sie am einsamen Gestade der Insel Wollin. Der phantastische Sinn Erichs von Pommern hat reiche Nahrung eingesogen; unter der ruhigen Wasserfläche stellen die abendlichen Goldstrahlen ihm klar die Trümmerreste von Vineta vor Augen. In Wirklichkeit sind's nicht solche, sondern ein absonderlich geformtes Steingerippe aus alten Findlingsblöcken am Seegrund, doch die Einbildungskraft gestaltet dem jungen Beschauer daraus Überbleibsel von versunkenen Mauern, Türmen und Palästen. Dann steigt er im Dämmern allein zu der ‚Silberberg‘ benannten Dünenhöhe hinauf, wo die Jomsburg des Seekönigs Palnatote gestanden. Nur wenig Gesteinreste geben noch Kunde davon, daß hier einmal ein Bau gewesen; er setzt sich und hängt Vorstellungen nach, die ihm aus dem einfallenden Nachtdunkel heraufkommen. Drüben im Westen, wo den Himmelsrand noch ein rotbrauner Saum färbt, liegt die verhaßte Stadt Stralsund — wäre er der Seekönig Palnatole, so zöge er mit seinen Vikingschiffen zu ihr hinüber, sie zu erstürmen und in Trümmer zu legen, wie dort unten Julin. Von Osten her steht der Nachtwind auf, und unter den Dünen beginnen Wellen murrend auf den Vorstrand zu rauschen, doch dabei auch zu blinken und hellere Schaumkämme zu zeigen, denn die Vollmondscheibe reckt sich aus der See empor. Eine Zeitlang wie ein glühen-

der Feuerball, dann wird sie silbern, übergießt die stille
Leere der Sandkuppe mit weißem Licht. Erich steht auf,
vom langen Sitzen ist's ihm kühl geworden und über=
fröstelt ihn, so geht er, am abgeredeten Platz den Schiffer
wieder zu finden. Aber wie er an den Rand der Düne
kommt, hebt sich vor ihm ein dunklerer Schatten vom
gelblichen Grund ab, dort sitzt etwas am Boden, ein
Mensch, eine weibliche Gestalt mit lang auf Rücken und
Schulter niederfallendem, tief dunklem Haar. Rasch über=
hellt sie das Mondlicht so deutlich, daß auch ihr Gesicht
erkennbar wird, mit schönen Zügen und von einer weißen
Farbe, die im Strahlenauffall ein eigenartiger perlender
Glanz überrieselt. Sie hat dadurch etwas von einem aus
dem Wasser heraufgestiegenen Meerweib; offenbar ist's eine
Wendin, ein noch blutjunges Mädchen, an Jahren wohl
ungefähr dem auf sie Zutretenden gleich. Verwundert
fragt er: „Wer bist du? Kommst du von Julin hier
herauf?" Sie sieht ihn aus dunkelglimmenden Augen=
sternen antwortlos an, nur ein sonderbar halblachender
Ton, an einen Wasservogelruf erinnernd, kommt ihr vom
Mund, dabei blicken zwischen den Lippen ihre Zahnreihen
noch weißer perlend als die Gesichtsfarbe hervor. Er
wiederholt: „Wer bist du? Wie heißt du?" Mit seiner
bäuerischen Kleidung nicht übereinstimmend, klingt etwas
Befehlendes aus den Worten, und nun erwidert sie:
„Gesa". Er weiß nicht, warum ihm dabei ein anderer
Gedanke durch den Kopf fährt, dem er Ausdruck mit der
Frage gibt: „So stammst du vom König Palnatoke ab?"
Dazu lacht sie abermals, doch begleitet dies mit einem
Nicken. Jetzt faßt er nach ihrer, im Mondlicht auf dem
Gewand über den Knien wie eine kleine Schaumwelle
glitzernden Hand und sagt: „Komm mit mir zurück in
seine Burg, dort erzähl' mir von ihm!" Sie leistet keinen

Widerstand; beim Aufrichten steht sie schlankwüchsig höher
da, als ihre Gestalt in der sitzenden Haltung erschienen.
So gehen beide miteinander dem Platz der ehemaligen
Jomsburg zu, lassen sich zusammen dort auf dem Dünen=
sand nieder. Unter ihren Füßen murren die Wellen, der
Wind, stärker anschwellend, stiebt ihnen das Haar an den
Schläfen auf, und kühl liegt der weiße Nachtglanz um
sie. Doch Erich fröstelt's nicht mehr, seine Blutwellen
drängen sich rasch; mit mancherlei Fragen dringt er sprung=
haft ungestüm auf Gesa ein, und ihre sonderbare Stimme,
aus der helltönig etwas klingt, wie wenn das Wasser mit
kleinen, klirrenden Strandkieseln spielt, antwortet nun
darauf.

Wie der junge, flüchtige Besucher Julins und der
Jomsburg, der den Jahren nach noch ein Knabe, doch in
Wirklichkeit schon weiter vorgeschritten ist, um zwei Tage
später wieder bei Rügenwalde anlandet, hat sich ganz ein
Gedanke seines Kopfes bemächtigt. Er will ein Seekönig
werden, obgleich man ihm heute nur den Namen eines
Seeräubers beilegen wird, sobald er's vermag, ein Viking=
schiff ausrüsten und damit gegen Kauffahrer der budeschen
Hause, vor allem gegen die von Stralsund ausziehen.
Die will er überfallen, entern, ihrer Waren und Reich=
tümer berauben, zu Orlogskoggen umwandeln, um sich aus
ihnen eine Flotte zum offenen Kampfe wider die Hansa
zu schaffen. Sein Schiff soll nicht gleich denen der
‚Pfefferknechte‘ einen Erzengel= oder Heiligennamen
führen, sondern das Bildnis eines jungen Meerweibes am
Bugspriet tragen und „Gesa“ heißen. Ein kinderhafter Plan
ist's, eines Ohnmächtigen Wunsch; zur Ausführungsmöglich=
keit gebricht ihm alles, nicht am wenigsten der Geldbesitz.
Es spielt damit nur eine Einbildung, die sich noch als
die eines Knaben kundtut.

Da erwacht mit fünfzehn Jahren eines Morgens Erich von Pommern als der König von Dänemark, Norwegen und Schweden.

Die Semiramis des Nordens besitzt keinen Erben ihrer drei Kronen mehr, alternd hat sie sich erinnert, daß noch ein letzter Abkomme ihres Vaters unter den Lebendigen ist, und mit plötzlicher Entscheidung erwählt sie den Enkel ihrer Schwester zu ihrem Nachfolger. Mit der männlichen Kraft ihres Willens setzt sie sofort den gefaßten Entschluß ins Werk, und um ein paar Wochen nachher wird auf dem alten Schloß Kalmarhus an der Südküste Schwedens der Sohn des kleinen Pommernfürsten mit gewaltigem Feiergepränge zum König der drei nordischen Reiche gekrönt; eine Untrennbarkeit derselben setzt zugleich der Abschluß der „Kalmarischen Union‘ fest. In Wirklichkeit jedoch führt der Gekrönte, auch nachdem er ins Männlichkeitsalter gelangt, nicht die Herrschaft, Margarete Sprengeheft ist nicht die Frau, so lange sie lebt, das Zepter in andere Hand zu legen; wie die assyrische Semiramis einstmals für ihren Sohn Ninyas bis zu ihrem Tode fortregiert hat, tut sie's für ihren Großneffen, der gleich jenem nur den Schein der Majestät vor der Welt trägt. Erst um fünfzehn Jahre später, als das zweite Jahrzehnt des 15. Jahrhunderts schon ein Weilchen begonnen, scheidet die merkwürdige Frau aus dem Leben, und Erich von Pommern ist wirklich der König der von ihr vereinigten, aus früherer vielfacher Gegensätzlichkeit zur kraftvollen Eintracht emporgeförderten nordischen Welt.

Auf ihrem Thron sitzt ein dem Blut Waldemars Atterdag entsprossener Herrscher. Wie er diesem im bestrickenden Äußeren ähnelt, ist er von hochfahrendem Selbstbewußtsein, leidenschaftlich, wild-verwegen, treulos und falsch wie Waldemar Atterdag, noch mehr als dieser

ein haßerfüllter Todfeind der budeschen Hanse. Nur mangelt
seinem heißblütigen Ungestüm, nicht die Verschlagenheit,
doch die überlegene Klugheit, der kühl rechnende Verstand
und das Gewaltige, der im Edlen und Unedlen bezwingende
Zug, mit dem sein Urältervater seine Ziele ins Auge gefaßt und Jahrzehnte lang als Obsieger erreicht hat.

*   *
*

Laut und lärmend nach ältestem Herkommen ging's
auch im Weitervorschritt des 15. Jahrhunderts in den
Länderküsten um die Ostsee, wie an der von Norwegen
zu. Zwischen mancherlei alten Widersachern tobte der
offene Kampf, doch nicht minder lohten die Flammen des
inneren Habers bald hier, bald dort in den Hansestädten
auf, zehrten an der Gesundheit und Kraft ihres Gemein-
wesens. Als schlimmstes Übel aber war, gleichsam zu
einem Widerspiel der Hansa, das Seeräuber-Unwesen der
,Vitalienbrüder' aufgediehen, das seinen Anfang während
der Belagerung Stockholms durch Margarete Sprengehest
genommen. Damals versah eine Anzahl kühner Schiffer
von der wendischen Küste die bedrängte Stadt vom Meer
aus mit Lebensmitteln, danach erhielten sie den Namen
Vitalien-, das hieß Viktualienbrüder. Zugleich jedoch
rüsteten die Städte Rostock und Wismar sie ohne Vor-
wissen der ,gemeinen' Hansa mit ,Stehlbriefen' aus,
dänische und norwegische Kauffahrzeuge aufzugreifen und
als Beute wegzuschleppen; in einem sicheren Hafen ver-
teilten sie ihren Raub gleichmäßig nach der Kopfzahl
unter sich, benannten sich selbst danach ,Likedeeler'. Daraus war im Weitergang Bitterböses großgewachsen, denn
ungezählt strömte den wildverwegenen Abenteurern wag-
halsig-gieriges Volk zu, das nichts zu verlieren, nur zu
gewinnen hatte, Unedle und Edle, vorm Rad und Galgen

davongelaufene Schelme. So schwollen sie zu einer Macht
an, die sich frech an der Hansa selbst vergriff, das Comp=
toir derselben in Bergen, die ‚deutsche Brücke‘, überfiel,
plünderte, beraubte, verwüstete, die alte Hansestadt Wißby
auf Gotland völlig in ihre Gewalt brachte, darin ihr
Hauptquartier aufschlug und auf der Ost= und Nordsee
gleichen Schrecken unter den deutschen Schiffen ausbreitete
wie unter den skandinavischen. Ihre Hauptanführer, die
geraubte Heiligengebeine zum Festmachen auf der Brust
bargen, waren zwei hünenhafte Gesellen, Godeke Michels=
son, der eine Eisenkette wie Bindfaden zerriß, und Claus
Störtebeker, der an Stelle seines abgelegten Adelsnamens
diesen davon trug, daß ihm kein Humpen zu mächtig war,
ihn nicht auf einen Zug hinunterstürzen zu können. Die
beiden zwar hatte schließlich eine gegen sie ausgerüstete
Hamburger Flotte, vor allem „die mit starken Hörnern
durch die See brausende ‚Bunte Kuh‘, das Orlogschiff
des Flottenhauptmanns Simon von Utrecht, auf der Nord=
see erjagt, und tagelang hatte auf dem Grasbrook in
Hamburg der ‚Meister‘ Rosenfeld mit seinen ‚Schobanden‘
in geschnürten Schuhen bis an die Knöchel im Blut von
anderthalb Hunderten geköpfter, gevierteilter und aufs Rad
geflochtener Likedeeler gewatet. Als er seine ‚Arbeit‘ zu
Ende gebracht, trat ein Ratsherr zu ihm heran mit den
Worten, er müsse wohl zu Tode müde von der Anstren=
gung sein. Doch mit einem grimmigen Lachen versetzte
der Befragte: Ihm sei’s nie wohler gewesen und er habe
noch Kraft genug, um den ganzen wohlwürdigen und ehr=
samen Rat ebenso abzutun. Für einen Spaß solcher Art
jedoch war dieser nicht empfänglich, sondern gab schleunig
Auftrag, den Kopf des zu witzigen Meisters denen der
Likedeeler auf dem Boden nachrollen zu lassen. Mit ihnen
aber war die schlimme Saat nicht ausgerodet worden, der

Wellenboden der See trieb ihr Gewucher immer neu her=
auf, und in den erſten Jahrzehnten des 15. Jahrhunderts
flößte der Name Bartholomas Voet nicht minder Ent=
ſetzen im ganzen Norden ein, als vordem Claus Störte=
beker und Godeke Michelsſon. Seine feſtgegliederten
Raubbanden hüteten ſich vor offenem Kampf mit den
großen, gewappneten Orlogskoggen der Seeſtädte, aber ſie
bargen ſich noch überall da und dort in unzugänglichen
Schlupfwinkeln und Klippenlöchern, brachen bei Nacht und
Nebel mit ihren ſchnellſegelnden Schniggen daraus hervor.
Und nicht nur an manchen Fürſten und Herren beſaßen
ſie einen verſchwiegenen Rückhalt, der Verdacht ging um,
daß heimlich auch die Urheber der Vitalienbrüderſchaft,
Wismar und Roſtock, ja gelegentlich noch andere hoch=
ſtehende Hanſeſtädte den Seeräubern zur Erreichung von
Sonderzwecken und =Vorteilen durch die Finger ſähen.

Eine blutige Fülle an Parteikämpfen durchwogte um
dieſe Zeit die Bundeshauptſtadt Lübeck, doch kaum minder
wilde Geſchehniſſe folgten ſich in dem von jeher leicht zu
Aufſtand und Gewalttätigkeiten entflammten Stralſund.
Mehrfach wurden die Burgemeiſter geſtürzt und nach dem
Brauch der Tage von den Siegern ſofort auf den Richt=
platz gebracht; das Geſchlecht der Wulflam ragte am mäch=
tigſten durch Anſehen und Reichtum hervor, eine Mord=
verſchwörung fällte das Haupt desſelben, und ſeine Wittib
ſaß als die ‚arme reiche Frau‘ vor den Kirchentüren,
Almoſen in einer ſilbernen Schüſſel erbettelnd. Am
glühendſten aber loderte das Blut der Bürger Stralſunds
gegen prieſterliche Herrſchſucht und Habgier auf. Ihr
kirchlicher Oberherr Kurt von Bonow wies geringwertige
neue Pfennige als Opfergeld zurück, verließ vor der
darüber ausgebrochenen allgemeinen Empörung die Stadt,
überfiel dieſe mit einer großen Schar abliger Genoſſen

und verheerte, da er sie nicht zu erstürmen vermochte, aufs
grausamste die ihr angehörigen Dörfer und das Land um
die Mauern.   Da stand, zu blindester Wut gestachelt, im
Innern das Volk auf, drang in die Kirchen und Pfarr-
häuser ein, schleppte die drin zurückgebliebenen sechzehn
‚Pfaffen‘ heraus auf den Neuen Markt, wo es die drei
obersten von ihnen ‚zu weißer Asche verbrannte‘.   Hus-
sitischer Geist lag schon in der Luft, und der Racheburst
forderte „Aug' um Auge, Zahn um Zahn".   Von Rom
her traf aus dem Munde des Bischofs von Schwerin der
Bannfluch Stralsund, in seiner Bevölkerung herrschte durch
die weltlichen und kirchlichen Gegensätze tiefe Entzweiung;
von außen her lauerten Feinde darauf, die Stadt zu überfallen, deren Wehrkraft völliger Zerrüttung entgegen zu
gehen schien.

Der König Erich von Dänemark, Norwegen und
Schweden aber glaubte die Zeit zur Stillung auch seines
von Knabentagen her angesammelten Racheburstes gekommen und brach mit einem starken Kriegsheere in die
Lande seines Vetters, des Grafen von Holstein, ein.   Nicht
dem galt's im eigentlichen Grunde, sondern dem Hansabund, und dieser fühlte es, rüstete sich, dem Angegriffenen
Beistand zu leisten.   Auch Stralsund sollte, seiner Hansa-
pflicht gemäß, daran teilnehmen, doch erschienen in ihm
seine Landesfürsten, die drei Herzöge Wratislaw, Barnim
und Kasimir von Pommern-Wolgast und Stettin, die auf
dem Rathaus eine Ansprache an Burgemeister und Rat
richteten, mit der Mahnung, „nicht ohne Ursach einen mut-
willigen Krieg gegen König Erich, füglich einen mit-
gehuldigten Herzog von Pommern zu beginnen".   Nach-
drücklichen Worts redete der weißköpfige Altburgemeister
Nikolaus von der Lippe mit seiner mächtig über die weit
vorgeschobene Unterlippe hallenden Stimme wider dies

fürstliche Ansinnen, stellte als oberste Aufgabe Stralsunds
dar, daß es seine Bundespflicht erfülle, wie's seine eigene
Wohlfahrt als Notwendigkeit fordere. Doch die Parteien-
zerspaltung der Stadt hatte auch den Rat in zwei gegne-
rische Hälften geteilt, verhinderte das Zustandekommen
eines einmütigen Willens. Zwar erhob niemand laute
Einsprache gegen die Rede des Burgemeisters, doch ohne
Beschlußfassung nahm die Tagung im Ratssaal ihr Ende.

*   *   *

Einem ungeheuren Seekraken ähnelnd, schwamm der
pommerschen Küste bei Stralsund gegenüber, von ihr nur
durch einen schmalen Meeresarm abgetrennt, die Insel
Rügen, nach allen Richtungen polypenartige Arme aus-
reckend. Ihr südlicher Teil enthielt Adelsburgen und
Ackerbau treibende Dorfschaften, fast alles übrige lag, nur
äußerst schwach besiedelt, zumeist unfruchtbar; die öden,
von Sandriffen umgürteten Dünenufer waren, als der
Schiffahrt gefährlich, verrufen und gemieden; besonders die
Halbinsel Jasmund im Norden, deren Küste an mehreren
Stellen mit langhingestreckten, schwindelnd hohen Kreide-
felswänden zum Seestrand hinunterschoß. Die standen im
übelsten Ruf; ihre weißen Abstürze schimmerten im Abend-
licht weit, wie in einem geisterhaften Gewande auf die
See hinaus und wohlbegründet, denn arge Geister gingen
dort von jeher in der einsamen Wildnis um. Wenig
Leute nur gab's, die von Sturmbedrängnis hinverschlagen,
die unheimliche Welt in der Nähe gesehen, kaum solche,
deren Fuß ein Stück in sie eingedrungen, mit Ausnahme
der vor Gott und Teufel, Kobolden und Gespenstern nicht
zurückschreckenden Seeräuber, denen sich hier zu aller Zeit
bei Verfolgungen die sicherste Unterkunft geboten. Als
die Königin Margarete einmal im Verein mit der Hansa

eine große Wasserjagd auf sie angestellt, hatte sich auch
Claus Störtebeker mit einer Anzahl seiner Genossen in
den Klüften und Schluchten der ‚Stubbenkammer‘, der
mächtigsten Kreidewand auf Jasmund, geborgen, deren
slavischer Name den gestuften Fels bedeutet. Hierher in
ihre Schlupflöcher war ihnen niemand nachgesetzt, und von
ihrem Aufenthalt redeten da und dort noch in den weichen
Kreidefels eingegrabene Zeichen, die gleichen, die sie zum
Hohn auf ihren Kleidern getragen, Rad und Galgen. Im
Volk lief noch ein von ihnen im Mund geführter Reim=
spruch um, durch den sie sich mit nicht minderem Hohn
gekennzeichnet hatten, als

> ‚Der Dänen Verheerer,
> Der Bremer Verteerer,
> Der Holländer Krüz und Velenger,
> Der Hamborger Bedrenger‘.

Nun aber mußte an einem Sommerabend doch ein
Schiff an der Jasmunder Nordküste Zuflucht suchen, eine
schnelllaufende Snigge, die aus dem großen Belt her=
kommend durch den Strelasund nach Stralsund gewollt,
doch von heftig aufgestandenem West ostwärts verschlagen
worden. Ein Handelsfahrzeug ohne Vorderkastell war's,
mit leichtem Bau seinem Namen ‚Schwalbe‘ entsprechend,
allein wie solche konnte es gegen den zum Sturm ange=
schwollenen Wind die Flügel nicht behaupten, und der
Schiffer ließ mit kurzem Entschluß den Mann am Ruder
gradaus unter die Deckung der Stubbenkammer zuhalten.
Seine Mannschaft tat's nicht gern, die übel berufene
weiße Hochwand glimmerte ihnen durchs einfallende
Zwitterlicht wenig verlockend vor den Augen, und wie
die Seeleute aller Zeiten und Länder waren sie böser
Geistergeschichten voll. Putte Kock, der ‚Putzenmaker‘,
der Possenreißer an Bord, meinte: „Herr Jürgen, glövt

Ji, wi brult unſe Knaken noch günt an de Steenkant,
ſünſt kunn ick min gliks hier vör be Döſch laten". Doch
ber angeſprochene Schiffer erwiberte mit trocken ernſthaftem
Ton: „Nee, Putte, bat geit nich, wovun ſchulln wi denn
Haſenpoten to Nach laken?" Darüber grinſte den andern
ein breitmäuliges Lachen um die weißen Gebißreihen, die
Zunge ihres Schiffsführers kriegte die des Putzenmakers
doch noch unter, oder eigentlich ſeine ein bißchen vorge=
ſchobene Lippe. Die Anrede an ihn mit vorgeſetztem
„Herr' hatte, zumal da er erſt in der Mitte der Zwanziger
ſtand, Ungewöhnliches, zumeiſt pflegte die Mannſchaft auch
mit dem Schiffer in der Sprache auf gleichem Fuß zu
verkehren. Doch ließ ſich dieſem anmerken, er ſei nicht
von allgemeinem Seemannsſchlag; über dem hohen Wuchs
und kraftvoll gewölbter Bruſt ſaß der Kopf mit einem
feineren Geſichtsſchnitt, als ihn die See bei der großen
Mehrzahl der auf ihr Umtreibenden wahrnahm. Wer
einmal den Stralſunder Altburgemeiſter Nikolaus von der
Lippe geſehen, konnte deſſen Züge bei dem Schiffer wieder
herausfinden, nur jugendlicher, und die ſtarke Unterlippe,
die mutmaßlich von einem Vorahn her dem Geſchlecht
den Namen eingetragen, trat bei dem Sohn nicht ſo augen=
fällig vor wie beim Alten. Doch einen kühn=trotzigen
Willensausbruck und die großen, blaue Strahlen werfen=
den Augen an den Seiten der Hakennaſe hatte Jürgen
oder Jörg von der Lippe ohne Abſchwächung vom Vater
zum Erbteil bekommen.

Augenſcheinlich ebenſo auch die ſichere Entſchloſſen=
heit bei der Ausführung eines Vorſatzes, denn vom niedri=
gen Hinterkaſtell aus griff er jetzt ſelbſt nach dem Steuer=
ruder, hielt die Snigge grad auf die unheimliche Kreide=
wand los. Wie aber in Stralſund niemand ſich eine
offene Widerrede gegen das Wellengedonner der Worte

des Burgemeiſters getraute, ſo verhielt auch die Schiffs-
mannſchaft ſich ſchweigend bei dem Tun des Jungen; ſie
wußte, an ſeinem Willen war nichts zu biegen, und ſein
Anſehen hatte er ſich durch unſchreckbaren Mut, Tüchtigkeit und Klugheit bei allen gleicherweiſe erzwungen wie
der Alte. Die Eigenſchaften bewährte er voll auch hier,
durchdrang mit der Schärfe von Möwenaugen das Dämmerlicht, fand eine ſchmale Zugangrinne zum drohenden
Felsufer auf; ſein Geheiß ließ im richtigen Augenblick
die Segel fallen, und ſturmgeborgen ſchmiegte das leichte
Fahrzeug ſich wie ein die Flügel zuſammenklappender
Vogel ins Geklipp und Geklüft hinein. Daß er's ſo
fertig bringen würde, hatte eigentlich keiner anders erwartet und nahm ſeine Leute im Grund gar nicht wunder,
denn dafür war er Jörg bun de Lipp, der beſte und
keckſte Schiffer an der Wendlandküſte; nur daß ſie die
Nacht unter dem üblen Geiſtertreiben um die Stubbenkammer verbringen ſollten, überlief ihnen mit einem
Gruſeln die Haut. Aber es aus dem Mund herauszu-
laſſen, verging jedem; ihr junger Schiffsführer hatte zu
oft ſeinen Unglauben an Nachtgeſpenſter ohne Kopf,
Leichenlichter, Erdmänner und Meerweiber, Kobolde und
Hexen bezeugt, und dem Spottklitſchen ſeiner Zunge wollte
ſich keiner bloßlegen.

So brachten ſie auf einem paſſenden Vorſtrandplatz
ein Feuer zum Brennen, ſich Nachtkoſt daran warm zu
machen; eine kleine Tonne mit kräftigem, in allen Ländern
des Nordens hochgeſchätztem Hamburger Bier war noch
übrig geblieben, die gab Herr Jürgen zum beſten. Es
beluſtigte ihn, bei dem Schmauſen in den Geſichtern der
Kerle, die der grimmigſten See, dem wildeſten Sturmgeheul
und Brandungsgekrach lachende Zähne wieſen, die verhohlene Geiſterfurcht zu leſen und daneben die Anſtrengung,

nichts von ihr merken zu lassen; aus ihrem Gerede konnte
er herausfühlen, daß sie einen gemeinsamen Trost in sich
hegten.   Der abnehmende, doch noch ziemlich gutgerundete
Mond mußte kommen, der ,fraß die Wolken', und dann
ließ sich wenigstens mit Augen sehen, was auf unhörbaren
Geisterfüßen heranschlich.   Der Mond war überhaupt etwas
viel Nützlicheres als die Sonne, denn er machte die Nacht-
finsternis hell, während sie bei Tag am Himmel stand,
wenn kein Licht nötig fiel.   So hielten die Blicke sich
nach Osten gerichtet, und dort schob sich auch pünktlich die
rote Kugel aus der Wasserfläche am Horizont herauf.
Daraus goß sich einige Beruhigung aus, die das gute
Hamburger Bier weiter unterstützte.   Der und jener legten
den Kopf auf den weichen Kreidesand zurück und die Aug-
deckel fielen ihnen zu; der Sturmtag hatte Fäuste und
Füße tüchtig im Tauwerk gerüttelt und geschüttelt, und
Seeleute waren von jeher begnadet, wenn's nichts zu tun
gab, in jedem Augenblick auf der Holzdiele fest wie
Hamsterratten einschlafen zu können.   Einige hielten noch
das Mundwerk im Gang, riefen ab und zu nach den am
Deck gebliebenen Wachen hinüber, sich zu vergewissern,
daß dort offene Augen seien.   Erfreulich kam jedesmal
die Antwort zurück, das ließ am Land die noch auseinander gehaltenen Wimpern allmählich auch zublinzeln.
Das Feuer losch aus und die Kohlen verglühten; dafür
stand der Mond, der in der Tat nach seiner Pflicht die
Wolken gefressen hatte, jetzt als Silberscheibe da, strahlte
beinahe blendend von der weißen Stubbenkammerwand
wieder, und ein vielfältiges Schnarchen überspann heute
den sonst tonlosen Strand mit unbekanntem Geräusch.
Das setzte an ihm alteingesessene Anwohner in Verwunderung, so daß sie hier und da sich aus dem Wasser am
Klippengestein als dunkle Schatten in die Höhe reckten.

Wie aufhorchende und umlugende Menschenköpfe nahmen
sie sich aus, doch hurtig wieder untertauchend, wo etwas
sich Bewegendes zu nahe an ihnen vorbeikam.

Dies war die am Strand entlang wandernde Gestalt
Jörgs von der Lippe, der noch keinen Schlaf zwischen den
Lidern hatte, sondern einen Trieb in sich, zur Höhe des
Steilufers hinanzusteigen, um von dort in der hellen Nacht
auf die See niederschauen zu können. Ein absonderes Gelüst war's, das nicht viele mit ihm geteilt hätten, doch
ihn überkam's so, die Natur mußte ihm eine Anlage dazu
mitgegeben haben. So scheuchte sein Schritt die huschen-
den Schatten, die keine ruhlosen Geister hier im Gang
der Zeiten ertrunken ausgeworfener Seefahrer, vielmehr
nur neugierige Seehunde waren, von dem Geklipp ins
Wasser zurück, und ihm geriet's keinen Augenblick in den
Sinn, sie für etwas Anderes, Übernatürliches zu halten,
denn dazu trug er keinerlei Anlage in sich. Mit dem
Aufwärtskommen aber wollte es eine ziemliche Strecke
weit nicht gelingen, die weiße Wand verblieb dabei, gleichmäßig, fast scheitelrecht abzufallen; dann indes zerspaltete
sich die Felsmasse einmal, ein Einschnitt klaffte in sie
hinein, und der junge Schiffer besann sich nicht lange,
drin aufzuklettern. Recht steil zwar ging's auch hier noch
in die Höh', doch für rüstige Kräfte fiel's möglich, bis
beinah' plötzlich der leuchtende Nachtglanz um den Auf-
gestiegenen auslosch, daß er nichts mehr vor sich sah, nur
noch halb erkannte, hohe Laubbäume schlugen ihre Schatten
über ihm zusammen. Aber von seinem Vorhaben ließ er
sich nicht leicht durch ein Hindernis abbringen, sondern
setzte den Fuß weiter vorwärts, obwohl er unverkennbar
in völlig lichtlos dichten Wald geriet. In einer Hinsicht
freilich machte sich's jetzt leichter als vorher, weil der
Boden eben geworden; merkbar war er auf die Höhe der

Stubbenkammer hinaufgekommen, ob auch nutzlos, denn
ein freier Ausblick ließ sich hier nicht erwarten oder
wenigstens nicht finden. Da er gleichfalls eine gesunde
Mitgift von Vernunft im Kopf herbergte, wollte er von
weiterem abstehen und zum Strand zurück umkehren; das
erwies sich jedoch als nicht so leicht ausgeführt, wie be=
absichtigt: ihm konnte bald nicht viel Zweifel bleiben, er
habe auch die Richtung, aus der er hergeraten, nicht wieder
gefunden. Hier oben war's nicht still, wie drunten unterm
Windfang oder mindestens nicht in der Höhe; ein Sausen
durchfuhr die Luft, als jage das Heer des wilden Jägers
droben, oder als donnere eine Brandungswelle um die
andere durch die Wipfel der mächtigen Bäume; der noch
andauernde Weststurm schleuderte sie krachend ineinander.
Endlich nach geraumer Zeit glaubte der im Dunkel Um=
hertastende doch an den Ausgang zurückgekommen zu sein,
ein Schimmer fiel ihm entgegen, auf den er zwischen alten
Buchenstämmen hindurch zuschritt. Wie er in der Tat so
ins Freie hinausgelangte, lag aber völlig anderes vor seinem
Blick, als das Erwartete, nur eine kleine, nicht mehr als
einige hundert Schritt lange, rundum von Baumriesen um=
gebene Lichtung, die nur eben unterscheidbar ein schwarzer
Wasserspiegel ausfüllte. Diesen zu erhellen, stand der
Mond noch nicht hoch genug, erst am westlichen Rand be=
gann er über die Wipfel her einen schmalen Flimmerstrich
entlang zu ziehen, das übrige deckte tiefer Schatten. Hier
herunter vermochte der Wind nicht zu stoßen, die Fläche
des winzigen Waldgewässers dehnte sich reglos und laut=
los im Dunkel hin. Nur ein leicht plätschernder Ton
scholl von ihr her, drüben mußte sich ein Fisch aufschnellen,
und auch ein ungewisses Geflimmer wie von silbernen
Schuppen deutete die Stelle.

Aber da überlief's doch auch Jörg von der Lippe

einmal ähnlich den Rücken, wie seinen vor Nachtunholden
grauelnden Leuten drunten am Strand.   Der Mond ver=
breiterte rasch seine Bahn auf dem kleinen See, und in
ihr nahm der jetzt deutlicher wiederum auftauchende Fisch
etwas Menschenartiges an.   Beim ersten Draufblick zwar
hielt der Hinüberschauende es nur für ein Täuschungsbild
in seinen Augen, doch schnell konnte kein Zweifel bleiben,
es seien weiße Schultern und Arme, die blinkernde Wellen=
kreise um sich erregten, sich daraus hervorhoben und nieder=
senkten.   Dann auch ein Gesicht wie der offene Kelch einer
großen Wasserrose, über die sich ihre Blätter dunkel zu=
sammenzufalten schienen; indes die Helligkeit nahm so zu,
daß sie sich als dunkles, ausgebreitet und langfließendes
Haar erkennen ließen.   Alles umgab wie mit leichtem
Schleiergewebe ein Gerinnsel glitzernder Tropfen, als ob
Silberfunken die Luft durchsprühten; so hielt sich's in der
anwachsenden Glanzgarbe des Gewässers, trieb gleichsam
mit dieser näher der Seite zu, wo der junge Beobachter
nicht wahrnehmbar im tiefen Schattenfall stand.   Körper=
lich bewegte er sich nicht, aber im Innern durchging ihn
eine fremdartige, starke Erregung, halb schreckhaft und halb
mit einem reizvoll überfließenden Schauer.   Das Gerede
des Volksmundes hatte also doch recht, es gab in Wirk=
lichkeit Wesen von äußerer menschlicher Erscheinung, doch
nicht menschlicher Natur, die nächtlich an einsamen Orten
aus Erdgründen und Wassertiefen heraufkamen, bis zum
Morgengrau beim Mond= oder Sternenlicht Luft in sich
einzuatmen. Mitternacht mußte ungefähr über dem See liegen,
und die aus ihm herauf Gekommene konnte nichts anderes sein
als ein Meerweib, dessen Fischschwanz sich unsichtbar unter
dem Wellenglimmern barg. Erkennbar war nur, an Gestal=
tung und Antlitz sei's keine Unholdin, sondern eine noch ganz
junge Seejungfer mit mädchenhaft gebildeten Gesichtszügen.

Da tat Jörg von der Lippe unwillkürlich etwas, was
er gleich nachher bereute. Doch ihn überfiel's mit einem
Schreck, sie komme mit der Mondbahn bis dicht vor seine
Füße ans Ufer heran, und ihm flog ein Ausruf vom
Mund, sie davon abzuhalten, unbedacht, er wußte nicht
warum, denn er hätte sie eigentlich gern noch näher und
deutlicher gesehen. Bei dem Ton aber schlug ein Rauschen
des Wassers auf, unter das, blitzschnell verschwindend, das
weiße Gebild niederschoß. Ein glimmerndes Wallen an
der Oberfläche zeigte, daß es ein Stück weit eilig unter
dieser sich schwimmend fortbewegte; danach tauchte noch ein
paarmal nur augenblickkurz ein ungewiß blinkender Schein
auf, entfernte sich hurtig weiter und losch, wie in den
Grund versinkend, unter schwarzem Schatten am Nordrand
des Sees aus. Dorthin suchte der Veranlasser dieses
raschen Vorgangs mit einiger Schwierigkeit sich nun auch
durch sperrendes Unterholz einen Durchweg, doch, als er
an das Wasserende gelangte, lag alles ohne Regung und
Laut, und sonderbar war auch sein Mund, der einen Ruf
ausstoßen wollte, außer stande, diesen laut hervorzubringen.
Nur der Sturm rohrte über seinem Kopf in den Baum-
wipfeln; ihm kam's vor, als träume er nur davon, daß er
umblickend und aufhorchend hier in der nächtigen Einsam-
keit stehe. Dann jedoch besann er sich auf die Wirklichkeit;
der Mond war inzwischen hoch genug aufgestiegen, auch den
Waldgrund mit einem Dämmerschein zu durchsetzen, und
kundig, sich nach den Himmelsrichtungen zurecht zu finden,
kehrte er ziemlich gradenwegs an die Felskluft, durch die
er emporgeklettert, zurück, kam zum Strand hinunter und
streckte sich, von der Nachtwanderung schlafsüchtig geworden,
neben seinen schnarchenden Schiffsleuten auf den Sand.
Beim Aufwachen mußte er sich erst etwas besinnen; die
Sonne fiel ihm ins Gesicht, doch er meinte, es sei der

Mond, und zwischen seinen aufgeschlagenen Lidern lag ein
eigentümlicher Ausdruck, daß einer von der Mannschaft
dem bei ihm Stehenden ins Ohr raunte: „Kiek sin Dogen,
he hett bun Nach wat sehn." Im übrigen waren alle
jetzt im Tageslicht ihrer Geisterfurcht ledig und warteten
auf das Geheiß, die Segel der Snigge wieder loszumachen;
der Sturm hatte sich augenscheinlich draußen auf der See
soweit gelegt, daß kein Bedenken mehr vom Auslaufen ab-
halten konnte. Zur allgemeinen Verwunderung aber zeigte
der junge Schiffer sich heut' morgen überbehutsam; er stand
eine Zeitlang nachdenklich über das ruhige Wasser aus-
blickend, sagte dann kurz, draußen stehe die See noch hoch
mit widrigem Wind, es sei nötig, noch bis zum Mittag
zu warten, und nach dieser Äußerung ging er davon, am
Strand entlang, anfänglich ab und zu anhaltend, als ob
er sich an dem Treiben der Seehunde belustige. Aus den
Augen der Nachschauenden gelangt, beschleunigte er indes
den Schritt und stieg wieder durch den Felseinschnitt, den
das Mondlicht ihm gedeutet, aufwärts. In seinem Kopf
lagen zwei Dinge miteinander im Widerstreit, die gesunde
Vernunft, mit der er immer über den Glauben seiner
Schiffsgenossen an Wasseralben und Meerweiber gespottet
hatte, und die Erinnerung an das, was ihm in der Nacht
droben vor Augen gestanden. Daran mußte, wenn's im
wachen Zustand auch aus seinem Gedächtnis weggeschwunden
war, vermutlich während des Schlafs ein Traum noch
fortgesponnen haben, denn seiner hielt sich eine unbekannte
Gewalt bemächtigt, über die er zum erstenmal im Leben
mit vernünftiger Überlegung und Willenskraft nicht aufkommen konnte. Ein wunderliches Gefühl ließ ihn nicht
los, in dem Wald über der Stubbenkammer sei gar kein
See vorhanden, sondern seine Einbildung habe ihm den
nur vorgespiegelt und etwas Weißes hineingesetzt, das er

von der mondbeschienenen Kreidewand in seinen Augen mit hinaufgebracht.

Darüber ins klare zu geraten, trieb's ihn nochmals durch die Kluft in die Höh', und jetzt im Morgenlicht fiel's ihm leicht, die Richtung, die er gestern genommen, wieder zu finden. Unerwartet schnell lichteten sich die alten, wohl manchhundertjährigen Buchen, und da lag wirklich das dunkle, ringsum dicht von hohem Laubgürtel um= schlossene Wasserbecken vor ihm, bei Tage noch weniger umfangreich erscheinend als in der Unsicherheit des Mond= lichts. Den Hinzutretenden rührte es wie mit einer be= freienden Empfindung an, daß er sich nicht töricht von einem Gaukelspiel in seinem eigenen Kopfe habe betrügen lassen, und er sah durch die kleinen Lichtungswände um= her. Völlig lautlos war's überall, und ganz unbewegt breitete das Gewässer sich wie ein großes, nacht= schwarzes Auge aus, nur an den Rändern spiegelten die alten Baumkronen aus der Tiefe zurück. Drüben am Westrand hob die Ufereinfassung sich beträchtlich höher auf, doch wie's erschien, nicht von der Natur so geschaffen, Menschenhände mußten dran tätig gewesen sein. Aber vor langen Zeiten, denn auf einem sich im Halbkreis runden= den, mauerartigen Erdwall standen die Buchenstämme zu gleicher Mächtigkeit emporgewachsen wie an den übrigen Seiten; zerstreut lagen einige große Steinblöcke, halb über= moost und grasumwuchert, da und dort, wie einmal von der Wallhöhe niedergerollt.

Nun jedoch faßte den Umherblickenden ein entgegen= gesetztes Gefühl an; ungefähr inmitten des Sees nahm er etwas Weißes gewahr, das sich zweifellos als etwa ein halbes Dutzend nahe zusammen gedrängter blühender Wasserrosen ergab. Daraus befiel's ihn mit einem Un= mut, denn ihm ging Erkenntnis auf, er habe sich doch

selbst einbildnerisch betört. Der Sturm war von oben
heruntergefahren, Wellen erregend, von denen die weißen
Blumen hin und wider geschaukelt worden, und seine,
vom erhitzenden Aufstieg mit Blut überfüllten Augen
hatten im Mondlicht aus den auf und nieder bewegten
Blüten ein Gesicht, Schultern und Arme erschaffen. Diese
einfache Erhellung seines Selbstbetrugs verdroß ihn zwar,
ließ ihm indes doch auch ein Lachen vom Mund klingen,
auf das aber seltsam ein anderes erwiderte. Stutzend
horchte er; jetzt verstummte es, und unwillkürlich rief er
laut: „Wer lacht da?" — „Lacht da," kam eine Antwort
zurück. Da ging's ihm auf, daß er sich abermals einer
Täuschung nicht erwehrt habe; nur ein Echo seiner eignen
Stimme von der Laubwand drüben überm See war's
gewesen. Doch trotzdem konnte seine Vernunft nicht Herrin
über die Vorstellung werden, der Rückklang sei aus dem
Wasser heraufgekommen, von dorther, wo in der Nacht
die Gestalt seiner Einbildung zum Grund hinuntergetaucht
war. Er begriff sich nicht, die einsame Waldstelle trug
verschwiegen Geheimnisvolles in sich, das ihm sein selbst=
sicheres Wesen fremd verwandelte. Von einer Furcht vor
etwas Unsichtbarem durchlaufen, stand er, vermochte am
lichten Tag nicht Herrschaft über das Trugspiel seiner
Sinne zu behaupten.

Dann suchte Jörg von der Lippe mit einem gewalt=
samen Ruck diese Fremdherrschaft abzuwerfen und setzte
den Fuß weiter. Doch nicht ostwärts zurück, er sagte sich,
wenn er die Richtung nach Norden einschlage, müsse er, die
Wand der Stubbenkammer umbiegend, ebenfalls an den
Strand hinunter und diesem entlang zu seinem Schiff kommen.
Das bewährte sich, eine Strecke weit dauerte der Wald noch an,
danach gab kreidiger Steingrund keinen Wurzeln mehr
Nahrung, und vor freier Ausschau dehnte sich drunten

die See. Nicht ſteil ging's hier abwärts, ſondern mählich,
nur hin und wieder einmal ſprang eine Felsrippe vor,
in die augenſcheinlich zur Herſtellung eines Pfades von
Menſchenhand Stufen eingekerbt worden, wohl in ſchon
ferner Vergangenheit, denn ſie waren ausgeſchürft und
vom Regen verwaſchen. Damals mußten alſo menſchliche
Bewohner hier gehauſt haben, nicht nur Alben und Meer=
weiber; wider ſeine Verſtandeseinſicht blieb der Hinunter=
ſteigende von dieſer Vorſtellung der letzteren umſponnen.
Nun jedoch gewahrte er Unerwartetes; nicht allein in
Vorzeiten hatten Menſchen hier gelebt, ſondern taten's
noch. Linkshin zog ſich, die offene See von einem Binnen=
haff, einem ‚Bodden‘ abſcheidend, eine lange, ganz ſchmale
Sandnehrung, und an ihrem Beginn hoben ſich aus der
weiten Öde ein paar niedrige Hütten vom Boden auf;
offenbar trachteten dort Fiſcher auf dieſem nie beſuchten
Erdfleck ihrer Nahrung nach. Beträchtlich weit noch war's
zu ihnen hinüber, und der niederfallende Pfad bog jetzt
von ihrer Richtung zur Rechten ab an den Strand hin=
unter, wo ſchon der nördliche Abſturz der Stubbenkammer
dicht herzutrat. Da hielt der Schiffer überraſcht vor einem
unerwarteten Anblick den Fuß an.

Auch hier, in völliger Einſamkeit lag ein Haus, erſt
ganz in der Nähe zu gewahren, zur See hinaus durch
einen Dünenwall gedeckt, an den Seiten von zerklüftetem
Felsgeſtein umfaßt und überragt, wie zu dieſem gehörig
erſcheinend. Mit ſeiner Farbe hob ſich's in nichts davon
ab, denn es war aus losgebrochenen, nur roh behauenen
Stücken der weißen Kreidewände aufgebaut, nur das Dach
von breitübergelegten, dicken, mit Seetang ausgefugten
Baumſtämmen gebildet und die Zugangstür aus Holz=
bohlen gezimmert. So lag's abſonderlich da, breitgeſtreckt,
keiner Fiſcherhütte gleichend, wie eine für die Anſammlung

von vielen hergerichtete, zum Schutz gegen Unwetter über=
deckte Halle; noch verwundersamer aber stellte sich ein
Zierat an den Wänden dar. Wo bis zu Manneshöhe
aufwärts ein Stück ebener Fläche es möglich gemacht,
waren in das weiche Gestein Bildumrisse von Rad und
Galgen eingeritzt, neben der Tür einer, der einen Mann
in Scharfrichtertracht mit hoch aufgehobenem Schwert
wiedergab. Der seltsame Bau schien leblos verlassen zu
sein, nur eine große Möwe mit breitklafterndem Flügel=
schlag zog drüber hin. Doch wie sie beim Anblick des
von der Waldhöhe Herabgekommenen einen schrillen Ruf
ausstieß, ging die breite Türbohle auf, und ein Weib trat
in die Öffnung. Sichtlich eine Wendin, das dunkle Haar
fiel ihr, leicht graudurchsprenkelt, lang bis über die Hüften
herunter und darunter ein wunderliches Gewand vom Hals
zu den Füßen nieder, denn sein baumrindengrauer Stoff
war ebenso wie das Haus mit kleinen Abbildern von
Galgen und Rädern besteppt. Sie heftete die schwarzen
Augensterne mit einem scharf eindringenden Blick auf den
unweit vor ihr Stehenden, betrachtete ihn kurz und fragte
dann in der Sprache des niederdeutschen Nordens: „Von
wo kommst du hierher?“ Auch ein paar schattenhafte
Furchen auf ihrer Stirn taten kund, daß sie für eine Frau
nicht mehr jung sei, doch in ihrer Stimme lag noch etwas
Helltöniges, an den Klang von kleinem Strandgestein
erinnernd, wenn die Uferwellen dazwischen hineinspielten.

.Verwundert hielt auch der Befragte den Blick in ihr
Gesicht gerichtet und antwortete: „Wohnst du in diesem
Kreidehaus? Du trägst ein sonderbares Kleid.“

Nun zog sie die Oberlippe zu leichtem Lachausdruck
über die weißen Zähne herauf und gab zurück: „Solches
Kleid webt der Wind hier. Kennst du's nicht? Da kommst
du nicht mit rotem Segeltuch.“

Es regte den Eindruck, daß er ihrer Augenprüfung
nicht mißfalle, denn sie setzte hinzu: „Haſt du Hunger?
Das Haus steht offen. Iß und trink!"

Sich umkehrend, trat sie ins Innere zurück, das un-
geteilt nur einen einzigen großen Raum enthielt. Er sah
aus, als diene er einer beträchtlichen Anzahl von Männern
zum Aufenthalt, doch befand sich niemand drin. Auf Ge-
simsen standen erzene Becher und Humpen, Schilde und
mancherlei Gewaffen hingen an den Wänden, die von
Bänken umlaufen waren; ein riesiger Tisch aus Eichen-
holz mit dicken Kolbenbeinen nahm fast eine der Quer-
seiten ein. Gegenüber lag die gleichfalls aus geschwärztem
Kreidegestein aufgerichtete Herdſtatt, zwei Lagerstätten erhoben sich kaum fußhoch über dem Boden, doch zeigten sie
sich auffällig mit prächtigstem ,Buntwerk' aus Nowgorod
überdeckt, wie die Pelzschauben der vornehmsten Ratsherren in den großen Hanseſtädten es nicht kostbarer auf-
weisen konnten. An mehreren Stellen waren in die
Wandungen runde Fensteröffnungen hineingebrochen, durch
die Licht in den eigentümlichen Raum des Baues fiel,
der wohl kaum irgendwo an der Oſtsee seinesgleichen
haben mochte; Jörg von der Lippe wußte ihn sich nicht
zu deuten. Er saß an dem Tisch, wo die Bewohnerin
des weißen Hauses auf einer Erzschüssel einen kalten ge-
bratenen Buttfiſch vor ihn hinsetzte und Brot daneben
legte; da er in der Tat von Hunger befallen worden
war, griff er unwillkürlich zu und aß. Nun holte sie
einen Krug, nahm einen gewaltigen Humpen vom Sims,
den sie mit goldgelbem Met anfüllte und dazu sagte: „Kannſt
du den mit einem Zug zwingen?" Das Riesengefäß ansehend, schüttelte er den Kopf: „Das kann ein Mensch
nicht." Sie schlug ein Lachen auf: „Einer war,
der hat's gekonnt. Aber du hast nicht von seinem

Blut in dir. Was hat dich hergebracht? Sag, wer du bist?"

Sie setzte sich neben ihn, und er gab ihr Auskunft; während er sprach, suchte sein Kopf vergebens umher, was er aus ihr und ihrer Behausung machen solle. Wer hatte die so gebaut, so ausgerüstet und lebte mit ihr drin? Keine Fischerhütte war's und sie kein Fischerweib; in ihrem Behaben und Gesicht lag ganz andres, nicht Benennbares, sie mußte schön gewesen sein, war's noch jetzt. Aber auf Fragen, die er vorbrachte, antwortete sie nicht, sondern lachte. Nur wie er von dem kleinen See droben im Wald redete, erwiderte sie: „Willst du jung bleiben, schwimme drin. Herthas Wasser gibt Jugend und Kraft." Ihre Art erregte ihm den Eindruck, als ob sie nicht ganz rechten Sinnes sei; das mußte sie ihm aus dem Blick lesen, ihr kam vom Mund: „Du denkst, was war; aber was war, ist gewesen. Im Herbst werden die Früchte reif und die Menschen klug. Das tut die Sonne, die ist stärker als der Mond. Nur über junges Blut hat er mehr Gewalt als sie. Warest du im Mondlicht an Herthas Wasser? In deinen Augen steht's. Der Mond hebt die Wellen aus dem Grund, daß sie schwellen und kreisen. Ich bin nicht mehr töricht, aber du bist noch zu jung und mußt in die Sonne."

War das Irrsinn oder was? Der Hörer vermochte sich's nicht zu erklären, doch fühlte er, sein Kopf sei heute in einem sonderbaren Zustand, der ihm längeres Verbleiben in dem wunderlichen Raum nicht rätlich mache. Aus den Reden des Weibes kam etwas ihn wie mit einem Schwindel Anfassendes; er stand auf, dankte für die Bewirtung und zog ein Geldstück hervor, um es auf den Tisch zu legen. Doch die Frau sagte mit einer geringschätzig abweisenden Handbewegung: „Behalt's, das hast du nötig, nicht wir."

Den Sinn ſchien's zu haben, daß Geld hier in der Ein=
öde wertlos ſei, da ſich nichts dafür kaufen laſſe. Aber
wie ſie hinterdrein ſagte: „Wir haben genug an der Ehre,
die ein Burgemeiſterſohn von Stralſund uns angetan,"
nahm ſein verwirrter Blick zum erſtenmal gewahr, die
ſchwere Schüſſel, aus der er gegeſſen, ſei von getriebenem
Silber. Lachend ſetzte ſie nochmals hinzu: „Vielleicht
kommt auch einmal ein König zu uns zu Gaſt, dem müſſen
wir auf goldnem Gerät aufwarten." Zugleich jedoch regte
ſich etwas unter der offen gebliebenen Türwölbung, die
Augen Jörgs von der Lippe gingen unwillkürlich dorthin,
und plötzlich ſtieß er beſinnungslos hervor: „Du warſt
es — du biſt's —"

Ein Mädchen trat herein, auf den erſten Blick als
die Tochter des Weibes erkennbar. Die Antlitzzüge waren
die gleichen, und das gleiche, ſeltſame Gewand umgab
ihren ſchlanken Wuchs; nur ſahen zwei grauperlend helle
Augenſterne aus dem Geſicht, und ſie trug das lange,
ſchwarze Haar zu einem loſen Knoten verſchlungen über
dem weißleuchtenden Nacken. Ihre Hand hielt in einem
Rohrgeflecht am Strand geſammelte Möweneier, die bloßen
Füße ſetzten ſich ſchmal, doch zu vollkommener Schönheit
ausgebildet unter dem Kleidſaum vor. Höchſtens ſiebzehn=
jährig mochte ſie ſein, blickte erſtaunt den unerwarteten
Fremdling an.

In ſeinem Gedächtnis war aus den Worten der
Mutter undeutlich etwas einmal Vernommenes aufgewacht,
ein Name, den er als Kind von einem Schiffer aus Olde
Vehr, dem Dorf auf Rügen Stralſund gegenüber, nennen
gehört. Das ließ ihm ungewiß jetzt die Frage vom Mund
kommen: „Biſt du Hertha — und gehört dir der See
dort oben im Wald?"

Die Frau ſah ihn kurz, wie nach einem Verſtändnis

suchend, an, dann gab sie, wieder lachenden Tons, Ant=
wort: „Ja, Hertha gehört er, meiner Tochter. An seinem
Grund steht ihr Schloß, und alles hier ist ihr zu eigen,
Wasser und Land. Ich bin ihre Dienerin nur und darf
über ihrem Schlaf wachen, wenn die Nacht kommt. Willst
du schon fort von uns, Jörg von der Lippe? Setze dich
noch wieder, ich sehe, Hertha erlaubt dir's noch zu bleiben."

Die Sprecherin holte ein kostbares Zobelfell herbei,
das sie über eine Bank zum Sitz für ihre Tochter deckte;
darauf ließ diese sich nieder, und sinnverworren setzte auch
der junge Schiffer sich zurück. Er wußte nicht, was ihm
seinen ersten jähen Ausruf entrissen habe; zu unsicher
hatte das Mondlicht der Nacht den See übersponnen, um
die Gesichtszüge der weißen Erscheinung zwischen den
glimmernden Wellen unterscheiden zu lassen. Aber trotz=
dem erfüllte ihm gleichsam Leib und Seele eine Überzeu=
gung, die dort vor ihm Sitzende sei's gewesen, durchfloß
ihn mit einem unbekannten, zugleich schreckhaften und köst=
lichen Grausen. War's ein Menschengeschöpf oder eine
Seejungfer? Ihr Schloß, hatte das Weib geredet, stehe
drunten am Wassergrund, und alles umher gehöre ihr zu
eigen; so sprach das Volk von der Hertha, die droben auf
der Insel bei der Kreidewand hause. Wortlos sitzend,
richtete er den Blick unter niedergeschlagenen Lidern auf
ihre Füße hinab. Die erschienen als ungewöhnlich schöne
Füße eines jungen Mädchens, fast noch wie die eines erst
halbwüchsigen Kindes. Doch er traute seinen Sinnen
nicht, sie umgaukelten ihm seit gestern Auge und Ohr mit
Täuschung. Freilich auf einem Fischschwanz hätte sie nicht
durch die Tür hereingehen können, aber wie die Hüter
von etwas Geheimnisvollem umschlossen die Wände des
weißen Steinhauses den Raum, und seine Luft atmete sich
ein, als sei Betäubendes in ihm.

Mit einem Ausdruck von Verwunderung hafteten die hellen Augen der Hertha auf dem Gesicht des jungen Gastes, wie wenn sie bis heute noch nichts seiner Art gesehen habe. Doch mehr noch staunte er bei ihrem Anblick; war sie ein Menschenkind, so gab's kein ihr ähnliches, das ihm irgendwo begegnet. Das Gewand mit den abstoßenden Bildzeichen fiel an ihr nieder, als sei's ein Fürstenmantel, und sie saß auf der Holzbank wie auf einem Thron. Oder lag eine Berückung über seinen Augen, die ihm nur ein solches Bild vorspiegelte? Er hatte noch keinen Ton aus ihrem Munde gehört und konnte sich ihre Stimme nicht vorstellen; endlich gelang's ihm, Mut und Sprache zu finden, die Frage von den Lippen zu bringen: „Bist du heut' nacht droben in dem See geschwommen?"

Nun antwortete sie: „Ja. Ich tu's immer, wenn der Mond hoch am Himmel ist." Die Stimme klang hell gleich ihrem Blick, dem Hörer war's, als schimmere auch aus ihr ein Glanz. Doch ganz einfach hatte sie's erwidert und fügte nach: „Woher weißt du's?"

„Ich sah dich und rief dir zu. Bist du ein Mädchen?"

Bedachtlos und unbewußt flog's ihm hervor, er erschrak, wie er's in seinem Ohr gehört, und widerrief's hastig: „Nein, nur etwas im Wasser sich bewegen sah ich, doch konnt' es nicht erkennen, ich glaubte ein Fisch sei's."

Seinem Gefühl war auf einmal doch zweifellos aufgegangen, ein Menschenkind sitze vor ihm, ein Mädchen, dem seine Augen Unziemliches angetan, das er unverhohlen kundgegeben. Furcht hatte ihn befallen, sie werde sich beleidigt von ihm abkehren und davongehen, doch ihr Gesicht zeigte nichts von Unwillen, sie blickte ihn an wie zuvor und versetzte: „War's deine Stimme, die ich hörte? Also redest du mit Fischen bei Nacht?"

Dazu lachte sie fröhlich, und ihm ward's, als sei zugleich Mondlicht und Sonnenglanz um ihn. Vom blinkenden Wellenspiegel gewiegt sah er sie, und sie saß da in dem rätselhaften Kleid; nicht Begreifbares umwob sie mit einem Schleier, doch ein junges Menschenbild, wie er noch keines gesehen. Nicht an dem Maß anderer Mäd= chen in Städten und Dörfern war sie zu messen, denn ihr Gleichendes gab's nicht zum andernmal; wie ein leben= diges Abbild des weißen Kreidefelsens mit dem dunklen Waldkranz auf seinem Scheitel erschien sie, aus ihm zum Licht unter Sonne und Mond heraufgekommen. Auch der junge Schiffer mußte jetzt lachen, über sich selbst, daß er zur Nacht mit einem Fisch gesprochen haben sollte. Ihm war's nicht mehr unheimlich in dem Kreidehaus mit der seltsamen Ausstellung von Waffen und Schilden, kostbarem Pelzwerk und silbernem Gerät; für sein Empfinden ge= bührte das alles der Hertha, deren Dienerin sich ihre Mutter benannt, und er sann nicht darüber nach, wie es in diese Strandöde hergeraten sei. In seinem Kopf war für kein Denken Platz, er sah und hörte nur die hellen Augen und die helle Stimme vor sich. Denn sie redeten jetzt weiter miteinander; die Frau ging an den Herd, Mittagskost zuzurüsten, und die beiden blieben, hin und her sprechend, scherzend und lachend, als wären sie sich altbekannt, an dem großen Eichentisch sitzen. Der mußte mancherlei befahren und gesehen haben; runde Kringe hatten sich vielfach in seine Platte eingedrückt, wie vom Nieder= stoßen schwerer Erzhumpen, und quer drüberhin lief ein Schnitt, als ob einmal ein Schwerthieb auf ihn herunter= gefahren sei.

Als Jörg von der Lippe unter dem Steilhang der Stubbenkammer weiter am Strand entlang schritt, war die Sonne aus ihrer Himmelshöhe schon wieder ein Stück

abwärts gestiegen, und ihm lag's um die Sinne, er habe
die Tageshälfte in einem Traum verbracht, aus dem er
noch nicht zum Wachwerden gekommen. An den Anker=
platz seiner Snigge zurückgelangt, sprach er kaum, gab
nur kurz Befehl zur Abfahrt; Putte Kock, der Putzen=
maker, zerrte mit einer Grimasse seine Mütze vom struppi=
gen Kopf und blies mit aufgepumpten Backen hinein.
„Wat hest to pusten?" fragte einer, und er antwortete:
„Güstern to veel, hüt to münner; ick versöl, dat wi'ne
Mütz vull Wind kriegt." Doch Herr Jörgen schürzte die
Lippe nicht zu einer Abfertigung der anzüglichen Rede,
ließ sie ganz unbeachtet, schaute nur mit abwesendem Blick
vor sich hin. So seinem Wesen zuwider, daß die Mann=
schaftsleute sich ins Ohr tuschelten: „De löppt nich wedder
an de Kriedkant an, de hett wat sehn." Im übrigen
verhielt sich's draußen mit der Windlosigkeit nicht allzu
schlimm, aus der Stille unter der Stubbenkammerwand
herausgebracht, blähte die ‚Schwalbe' ihre Linnenflügel
doch genügend auf, um, südwärts davonziehend, nach ein
paar Stunden die menschenlos öde, vielzerrissene und zer=
klüftete Halbinsel Mönchgut zu umkreisen. Der Sommer=
tag erhielt lange seine Helligkeit, geleitete die Snigge
durch den Greifswalder Bodden bis in den schmalen, den
Südrand Rügens vom Festlande abtrennenden Strelasund,
und als sie an der kleinen Insel Strela vorüberlief, hoben
sich unweit hinter dieser in erst beginnendem Dämmerlicht
noch deutlich unterscheidbar die hohen gotischen Türme der
Jakobi= und Nikolaikirche jenseits der mächtigen Um=
wallungsmauer Stralsunds in die Luft; die gewaltige
Marienkirche, die vordem alles überragt gehabt, befand
sich, gegen den Ausgang des letzten Jahrhunderts mit
ihrem Hauptteil zusammengestürzt, noch erst im Wieder=
aufbau. Überaus festgesichert lag die Stadt, ringsum

vom Wasser des Sundes und drei kleiner Landseen oder
großer Teiche umschlossen, auf einer Insel, nur über drei
schmale Dämme durch starke Tore vom Land her Zu=
gänge verstattend. Das Schiff legte neben dem außerhalb
der Mauer belegenen Kloster und Siechenhaus ‚Sankt
Jürgen am Strande' an und der heimgekehrte Schiffer
erhielt, dem Wächter aus Knabenzeit her bekannt, durch
das bereits nächtlich mit aufgezogener Zugbrücke wohl ver=
wahrte, schon manches Jahrhundert alte ‚Knieper Tor'
Einlaß. Eine Straße mit hochgegiebelten Häusern durch=
schreitend, trat er bald auf den ‚Alten Markt' hinaus,
über den sich als dunkle Schattenmasse die Nikolaikirche
emporhob, daneben breit hingelagert das vielbetürmte Rat=
haus. Dem gegenüber ragte ein besonders stolzer Giebel=
bau auf, ehemals der Wohnsitz des Bürgermeisters und
Flottenhauptmanns Wulf Wulflam, der „der reichste Mann
an der ganzen Ostsee" gewesen, vor der Königin Marga=
rete selbst wie ein Fürst gestanden hatte, und als er seine
Braut zum Altar in der Nikolaikirche geführt, mit ihr
über den Alten Markt ganz auf kostbarstem, lündischem
Tuch dorthin geschritten war; nun aber lag sein Haus lange
verwaist, da er während der blutigen Wirrsale im Innern
der Stadt vertrieben worden und in der Fremde gestorben.
Nah' vor der Tür war bald danach der Kopf seines Haupt=
gegners, des Bürgermeisters Karsten Sarnow auf dem
Marktplatz unterm Richtschwert gefallen. Heute jedoch lag
alles still und friedlich im einfallenden Nachtdunkel, die
Angehörigen der ‚Geschlechter' saßen bei den Weinkannen
in der Trinkstube des Rats, die Zünfte beim Hamburger
Bier in den Gildestuben versammelt, und unter einem
alten, den Markt begrenzenden, pfeilergetragenen Lauben=
gang mit gotischem Gewölbe hindurch trat der junge Führer
der Snigge in einen weitgeräumigen Hausflur und, die

                                                          4*

breite Treppe aus schwedischen Granitsteinen hinansteigend,
in ein großes, von Pechpfannen erhelltes Gemach. Dort
auf einem Tisch brannten zwei dicke Wachskerzen, davor
saß, ein Schriftstück überlesend, ein Mann von machtvollem
Wuchs mit vollem, fast weiß den Kopf bedeckendem Haar.
Das war der jetzige Altburgemeister Stralsunds, Herr
Nikolaus von der Lippe; von dem Pergamentblatt weg
richtete er seine scharf eindringenden Augen auf den An=
kömmling, erhob sich und sagte, diesem die wuchtige
rechte Hand hinstreckend: „Bist du zurück? Steht's zurecht
auf der Schusterbrücke in Bergen?"

So hieß das wichtige Hansakontor droben in der
norwegischen Stadt, deren deutsche Kaufleute und Gewerb=
treibende unter dem Sammelnamen ‚Schuster' zusammen=
gefaßt wurden. Es zeugte von starkem Vertrauen in die
Tüchtigkeit und Einsichtigkeit des jungen Mannes, daß er
nach Bergen geschickt worden war, die dortigen, vielfach
unliebsam zerfahrenen und verwilderten Zustände zu be=
gutachten und Bericht davon abzulegen. Das tat er jetzt
und offenbar mit klugem Einblick zur Befriedigung des
Hörers. Doch seltsam stach sein Verhalten von dem ab,
das er auf dem Schiff gegen die Mannschaft gezeigt.
Nichts Kühnes und Selbstbewußtes lag darin, geschweige
denn Trotziges; unsicher, beinahe scheu stand er, die Augen=
lider halb niedersenkend. Man sah, hier fühlte er sich
nicht als den Herrn, nur als der Junge vor dem Alten,
war der Sohn des Hauses noch wie in Knabenzeit ohne
eigenen Willen; ihn schreckte kein Sturm und keine Ge=
fahr, aber vor dem auf ihm haftenden Blick des Vaters
strich er die Segel seines Muts und seiner Zuversicht.
So brachte er den Bericht zu Ende, und Herr Nikolaus
nickte: „Gut, ich bin mit dir zufrieden. Du hast die
Augen offen gehabt. Das Salzwasser macht Hunger und

Durst; setz' dich an den Tisch." Weiter, nach der langen
Fahrt, ob sie an den nordischen Schären oder sonst in
den dänischen Wassern bedrohlich gewesen sei, fragte er
nicht; selbstverständlich war's, daß sein Sohn über jeden
Widerstand Herr geworden. Dann saßen sie zusammen
beim Nachtmahl, daran auch Adelheid und Landhill, die
Hausfrau und Tochter, mit teilnahmen, und aus gefülltem
Pokal dem Heimgekehrten den Willkomm zutrinkend, sprach
Nikolaus von der Lippe danach: „Richlint Wulflam wird
morgen warten, daß du ihr von deiner Bergenfahrt er-
zählst." Eine Nachkommin des großen Geschlechts war's,
und schon seit einiger Zeit war in der Stadt Rede gegangen, um langjährigen Zwist zur Ruh' zu bringen, trage
der Burgemeister eine Verbindung zwischen ihrer Sippe
und der seinigen im Sinn. Das fiel dem Angesprochenen
nicht ein und gleichgültig, mit halbem Lachen gab er Antwort: „Da wird Richlint Wulflam umsonst warten, denn
ich weiß zu tun, was mir lieber ist." Doch sein Vater
versetzte drauf: „Ich denke, dem Werber kann nichts lieber
sein, als Rede mit der Jungfrau zu pflegen, die er sich
zur Braut küren will." Nun nahm Jörg gewahr, daß
die buschigen Brauen des Alten sich etwas auf die Augen-
höhlen herabzogen; ablenkend erwiderte er: „Meßt Ihr
mir solcherlei Vorhaben zu? Dafür halt' ich mich zu
jung noch und gedenke Eurem Vorbild nachzufolgen, erst
reifer an Einsicht Euch eine Schwäherin ins Haus zu
führen." — „Dessen bedarfst du nicht, da meine reife
Einsicht dir beihilft. Mit der habe ich die Wahl für dich
getroffen; Richlint Wulflam bringt deiner Zukunft das
Ansehn ihres Geschlechts zu und reichere Brautgift, als
eine zweite Tochter unserer Stadt." Bedachtlos flog
dem Jüngeren heraus: „Um Geld brauch' ich nicht zu

freien, deſſen hab' ich ſelbſt genug." Jetzt aber ſchob Herr Nikolaus die breite Unterlippe vor und entgegnete ſcharftönig: „Du haſt Geld, weil dein Vater es ſeinem Sohne gibt. Wäre meine Lade dir zugeſchloſſen, hätteſt du keines." Ein ſchreckhafter Ausdruck befiel die Geſichter der Mutter und Schweſter Jörgs, ängſtlich ſahen ihre Augen auf ihn hin, denn er ſtand vom Sitz auf, und über ſeiner Stirn ſchien mit einer roten Flamme als ſein väterliches Erbteil auch der Willenstrotz emporzuſchlagen. Doch vor dem ſtählernen Blick des Alten verſtummte der Junge, die Antwort, die ſich ihm aufgedrängt, ſtockte auf ſeiner Zunge, und er entgegnete nur: „Ich habe in letzter Zeit nicht Schlaf gefunden und bin müde; verargt mir nicht, Herr Vater, daß ich Euch für heute ſchon verlaſſe und in meine Kammer gehe." Das Blut derer von der Lippe kennzeichnete ſich in ſeinem Geſicht, aber aus ſeiner Stimme wagte es ſich nicht hervor.

In das Haus Richlint Wulflams jedoch ging Jörg von der Lippe am andern Tag nicht, dagegen ſuchte er eines auf, das an der Papengaſſe in einem Hinterwinkel der Jakobikirche belegen war und ſtieg darin, zuletzt mehr auf einer Leiter als einer Treppe, hoch bis zum vierten Stockwerk hinan. In enger, dürftiger Giebelkammer hauſte hier ein Mann mit langem, aſchengrauem Haupthaar, der von der Mehrzahl der Bevölkerung Stralſunds gemieden wurde. Ein gelehrter Magiſter war's, des Namens Bertram Wigbold, er ſtand im Ruf, der Geiſterkunde und ſchwarzer Künſte mächtig zu ſein; hauptſächlich aber flößte er Scheu ein als ein noch lebender Bruder Cord Wigbolds. Der war an der neuen Hochſchule der Nachbar-ſtadt Roſtock gleichfalls Magiſter der Weltweisheit ge-weſen, doch hatte eines Tags ſein Lehrkatheder mit dem

Schiffskastell vertauscht, um als Genosse Claus Störtebekers und Godeke Michels einer der wildverwegensten
und am meisten gefürchteten Likedeeler zu werden, bis
schließlich der Meister Rosenfeld auch ihm auf dem Grasbrook in Hamburg den Kopf vom Rumpf abgeschlagen und
seine Gliedmaßen aufs Rad geflochten. Das besonders
umgab Wigbold mit Unheimlichkeit, doch nicht für den
Burgemeistersohn, der sich vor nichts auf der Welt fürchtete
als vor seinem Vater. Außerdem kannte er den Magister
seit langem her, denn er hatte als Knabe Unterricht in
der lateinischen Sprache von ihm bekommen; so setzte den
Alten der Besuch heute nicht in Verwunderung. Nur
kam's ihm bald zum Gefühl, daß seinen ehemaligen
Schüler eine Absicht hergebracht habe, mit der er un-
schlüssig zurückhalte, nicht recht wisse, wie er sie ausführen
solle. Dann indes sagte Jörg von der Lippe, wie er
gestern an den hohen Kreidefelsen von Rügen vorüber-
gesegelt, sei ihm dunkel in der Erinnerung aufgewacht,
daß der Magister einmal davon gesprochen, der römische
Geschichtschreiber Tacitus rede in einer seiner erhalten
gebliebenen Schriften von der Insel; da habe ihn danach
verlangt, zu erfahren, was dies sein möge. Den Wunsch
konnte Wigbold ihm befriedigen, denn er hatte als kostbaren Schatz eine Abschrift der ‚Germania‘ des Tacitus
in seinem Besitz, aus der er jene Kunde geschöpft, und
legte die hervorgesuchte mit der aufgeschlagenen Stelle
vor Jörg von der Lippe hin. So weit aber reichte dessen
Kenntnis der alten Sprache doch nicht, er mußte nach
einem fruchtlosen Versuch den Magister um eine Ver-
deutschung bitten, und dieser übertrug ihm den kleinen
Abschnitt:

„Sonst ist nichts bei diesen Völkerstämmen anzu-

merken, als daß sie gemeinsam die Göttin Nerthus, das heißt
die Mutter der Erde verehren, die nach ihrer Aussage hier
erscheint.   Auf einer Insel des Ozeans ist ein heiliger
Wald und in ihm, mit einem Gewand bedeckt, ein ge=
weihter Wagen, den nur der Priester berühren darf; er
erkennt die Anwesenheit der Göttin in ihrem Heiligtum
und begleitet in tiefer Andacht ihren von weiblichen Rindern
gezogenen Wagen.   Dann sind frohe Tage und Feste an
den Stätten, die sie ihres Kommens und Aufenthalts
würdigt; keine Kriege finden statt und keine Waffen werden
ergriffen, alles Eisen liegt verschlossen; dann allein ist
Frieden und Ruhe bekannt und nur dann geliebt, bis der=
selbe Priester die ihres Umgangs mit den Sterblichen
satt gewordene Göttin in ihren Tempel zurückführt.   Als=
bald werden dann der Wagen, das Gewand und — wenn
man dem Glauben schenken darf — die Gottheit selbst in
einem geheimen See gebadet; Sklaven sind dabei behilflich,
die gleich danach dieser See verschlingt.   Deshalb umgibt
ein verschwiegener Schauer und heilige Unkundigkeit jenes
Wesen, das nur solche, die dem Tode anheimzufallen be=
stimmt sind, erblicken."

Bertram Wigbold fügte dem Vorlesen nach: „Es
steht wohl in Zweifel, ob damit wirklich die Insel Rügen
gemeint ist.   Doch habe ich vernommen, daß von Leuten,
die dort am Nordrande leben, ein Waldgewässer heutigen=
tags der See der Hertha benannt werden soll."   Unbe=
wußt flog Jörg hervor: „Ja, Hertha — und Geheimnis=
volles liegt um ihren See — aber sie ist eine Jungfrau
von Menschenart, nicht die Göttin, von der Tacitus be=
richtet."   Forschend hielt der Magister seine klugen, mit
grünlichem Schimmer flimmernden Augensterne auf den
Sprecher gerichtet, bevor er entgegnend sagte: „So waret

Ihr am Lande bei dem Kreidefelsen der Stubbenkammer
und habt selbst das mit Augen gesehn, wovon Ihr redet."
Nun erst geriet dem jungen Mann zum Bewußtwerden,
daß ihm diese Kundgabe vom Mund gekommen sei; er
zauderte kurz, doch stand dann auf und sprach: „Ihr habt
mir die lateinische Schrift übersetzt, weil mein Verständnis
dafür nicht ausreichte. Aber es mangelt mir noch für
anderes, vielleicht finde ich auch zu dessen Aufhellung an
Euch einen Beirat. Gelobt mir mit Eurer Hand, Ihr
wollet vor jedem Ohr verschwiegen halten, was ich Euch
kundtue."

Der Magister gewährleistete die Anforderung mit
seiner Hand, und Jörg von der Lippe berichtete ihm aus=
führlich von dem rätselhaft Unbegriffenen, das er auf
Jasmund angetroffen. Wortlos gab der Zuhörende auf
die Erzählung acht, erwiderte nach ihrer Beendigung:
„Was Ihr zu wissen begehrt, kann ich Euch sogleich zur
Stelle nicht sagen, doch Ihr seid mit Eurem Wunsch zu
mir nicht fehlgegangen. Mein Gedächtnis bedarf der
Unterstützung, die ich in einigen Schriftstücken nachsuchen
will. Wollet Ihr, der Sohn des Burgemeisters dem noch
am Leben verbliebenen Bruder des ehemaligen Seeräubers
die Ehre antun, heute gegen den Abend wieder hier vor=
zukehren, so hoffe ich, Euch wenigstens in einigem die
Auskunft, nach der Ihr Verlangen tragt, geben zu
können."

Als die Abenddämmerung herankam, trat Jörg von
der Lippe zum andernmal an diesem Tag aus der Be=
hausung des Magisters hervor; sein Gesicht überzog eine
stark rote, von innerer Erregung zeugende Färbung, ein
Ausdruck selbständigen, entschlossenen Willens füllte ihm
die Augen. Er begab sich nicht zum Alten Markt in sein

Vaterhaus zurück, ſondern vors Tor an die lange Ladebrücke
der Stadt hinaus, rüſtete dort eine kleine, ihm gehörige
einmaſtige Schute für eine Fahrt zu. Mit der ſegelte er
ein Stück weit nordwärts am Hafenrand entlang, landete
an und nahm eine hier wartende Geſtalt auf. Raſch
ſtieß das Fahrzeug wieder vom Ufer ab, lief bei günſtigem
Wind hurtig dem ‚Gellen‘, der nördlichen Fortſetzung
des Strelaſundes, zu; über Rügen her ſtieg der Mond
in die Höhe und machte dem am Steuer ſitzenden jungen
Schiffer gegenüber die Züge des Magiſters Bertram Wig=
bold erkennbar. Unter der langen Inſel Hiddenſö hin
durchzog die Schute den Gellen in die offne Oſtſee hin=
aus, umbog im anbrechenden Morgenlicht das öde, nur
von zahlloſen Uferſchwalben überſchwärmte Vorgebirge
Arkona an der Nordſpitze Rügens, von der wendiſchen
Urbevölkerung ſo als ‚am Ende der Welt‘ benannt;
ragend ſahen von dem ſteilen Hang die Trümmer des
zerſtörten Tempels herüber, in dem die Slaven vordem
das ungeheure Standbild ihres oberſten Gottes Swantewit
verehrt hatten. Nun legte Jörg von der Lippe das
Ruder herum, und das vollgebauſchte Segel flog durch die
breite Bucht der ‚Tromper Wiek‘ ſüdwärts der im Früh=
ſonnenſtrahl weiß aufſchimmernden Kreideſelſenküſte von
Jasmund entgegen.

*   *   *

Neues ſah die nordiſche Welt und doch Altbekanntes,
als ob die Toten aus ihren Gräbern aufgeſtanden ſeien,
erſchienen die Tage der Großväter bei den Enkeln und
ihren Söhnen wiedergekehrt. Einſt hatte der Dänenkönig
Waldemar Atterdag ſich dort zur höchſten Macht aufge=

schwungen, die Herrschaft rings um die Ostsee behauptet,
bis siebenundsiebzig Städte der budeschen Hanse sich ver-
bunden, ihm Absage getan und ihn nach langen, blutigen
Kämpfen aus seiner stolzen Höhe zu Boden geworfen.
Jetzt saß auf dem Thron der vereinigten skandinavischen
Reiche sein Urenkel Erich von Pommern, gegen ihn lag
die Hanse unter der Führung ihrer Oberhäupter Lübeck,
Hamburg, Stralsund, Rostock und Wismar im Krieg, und
ähnliche Ereignisse wie ehemals, Glückswechsel, Fehlschläge
und Mißgeschicke, erneuten sich. Um die Lande Schleswig
und Holstein, in die der König eingebrochen, schien sich's
zu handeln, doch die Städte erkannten, auf sie sei's ab-
gesehen, und leisteten den Angegriffenen Beistand. Eine
mächtig von ihnen ausgerüstete Flotte verbreitete wilden
Schrecken in allen deutschen Gewässern bis zum Kattegatt
hinauf, viel Unbegreifbares aber folgte danach. Bei einem
nächtigen Ansturm gegen die Mauern der Stadt Flens-
burg verlor der junge, schon weit als Kriegsheld berufene
holsteinische Graf Heinrich sein Leben; die Schuld daran trug
Trunkenheit des Hamburger Flottenführers Johannes Kletze,
der nach diesem Unheil mit seinen Schiffen heimsegelte.
Doch in Hamburg empfing ihn die wild aufgebrachte Stadt,
wie Lübeck einst seinen Flottenhauptmann Johann Wittenborg,
als er bei Helsingör der List König Waldemars und seiner
schönen Tochter Ingeborg unterlegen war. Tausendfältig
tobte die Volkswut, ein Verräter gleich jenem sei er gewesen, und, wie einst der Kopf Johann Wittenborgs fiel
der Johannes Kletzes unter dem Henkerschwert. Auch in
Wismar traf gleiches Geschick den Burgemeister Johann
Bantskow, der des Anteils an dem Verrat beschuldigt
ward; die Burgemeister von Rostock retteten ihr Leben
nur durch schleunige Flucht. Und Schlimmeres noch, dazu

faſt Rätſelhaftes, begab ſich nicht lange nachher. Eine neue
Hanſemacht, aus gewaltigen, mit vielen Feuergeſchützen
beſetzten Orlogſchiffen beſtehend, lief unter dem ‚gemeinen
Hauptmann‘ Tiedemann Steen, einem Burgemeiſter
Lübecks, in den Sund aus, um einer von Hiſpanien her
heimkehrenden, reichbeladenen Handelsflotte ſicheres Geleit
zu geben. Doch der Ortsverhältniſſe unkundig, wurden
die Hamburger Schiffe unter ihrem Führer Heinrich
Höper von ſchwächeren däniſchen in ſeichtes Waſſer ver=
lockt, dort überwältigt, vernichtet oder erobert, während
Tiedemann Steen ſchwediſche Gegner ſiegreich in die Flucht
trieb. Trotzdem verließ er danach unerklärlicherweiſe den
Sund, kehrte zur Trave zurück, und die vertrauensvoll
anſegelnde Handelsflotte fiel beinahe gänzlich in die Hände
der Feinde. Weil er Sieger in der Seeſchlacht geblieben,
entging er in Lübeck dem Richtſchwert, ward nur zu
lebenslanger Haft in einen Turm geſetzt; über die reiche
Beute frohlockend aber weidete ſich König Erich am Schimpf,
der Ohnmacht und dem Niedergang der Hanſe. Sie
mußte dafür büßen, daß ſie die Vereinigung der drei
Reiche in einer Hand zugelaſſen; doch der innerſte Grund
des ſchweren Übels entſtammte daher, daß ihre eigene
Kraft nicht in einer Hand vereinigt lag. Viele Städte
und viele Köpfe führten die Leitung der ‚gemeinen‘
Sache; Mißgunſt und Zwieſpalt, Eigenwille und Unbot=
mäßigkeit ſchwächten und lähmten ihren Erfolg.

In Stralſund hatte Herr Nikolaus von der Lippe
mit ſeiner Herrſchaft über die Gemüter die Vermahnung
der pommerſchen Landesfürſten niedergerungen und die
Beteiligung der Stadt an dem Hanſakrieg gegen den
König durchgeſetzt. Doch wenn er allein in ſeinem Ge=
mach ſaß, brannte zuweilen ein düſterer Glanz zwiſchen

seinen Augenlidern; das Mißgeschick der hansischen Flotten
fraß in seinem Innern, und mehr als genugsam war ihm
bekannt, daß heimlich im Rat und unter den Bürgern
gar manche auf einen Anlaß lauerten, ihn zu Fall zu
bringen. Dann aber wußte er, fiel auch sein Kopf auf
dem Alten Markt gleich dem seines Vorgängers Karsten
Sarnow und wie die Johannes Kletzes in Hamburg,
Johann Bankskows in Wismar. Dem sah er für sich
zwar unschreckbar furchtlos entgegen, aber mit ihm brach
sein Haus in Nichtigkeit und Elend zusammen, Weib und
Tochter, vor allem sein Sohn, für dessen Zukunft als der-
einstigen Burgemeister von Stralsund er schuf und baute.
Noch zwar hielt er den Jungen unter unbeugsamer Hand;
das Ehebündnis mit Richlint Wulflam konnte er ihm
gegen seine Weigerung nicht aufzwingen, doch Jörg wußte,
der Alte werde niemals bewilligen, daß er sich nach eignem
Gefallen eine Frau wähle, die sein Vater des Geschlechtes
von der Lippe nicht würdig achte. Einmal hatte er tastend
daran zu rühren gewagt, aber Herr Nikolaus darauf erwidert: „Bring' mir den König Erich mit gebundenen
Armen vor mich hierher, dann magst du mir eine
Schwäherin ins Haus führen, die du willst." Daß sein
Sohn derartiges im Sinn tragen könne, hielt er merklich
überhaupt nicht für denkbar, so wenig als die Erfüllung
jener Vorbedingung, mit der er nur der Unbezwinglichkeit
seines Willens stärksten Ausdruck gegeben. Das ließ
Jörg seinen Versuch nicht zum andernmal wiederholen;
selten auch nur war er zu Haus anwesend, führte
mit seiner hurtigen Snigge ihm aufgetragene Handels-
fahrten nach Danzig und bis Reval hinauf aus. Doch
wenn er auf dem Hin- und Herweg zum Geschäftsbetrieb
Greifswald anlief, verschwand er dort stets im Abend-

dunkel und schoß allein in einem Segelboot pfeilschnell
nordwärts, durch den Greifswalder Bodden der Rügen=
schen Halbinsel Mönchgut und weiter den weißen Kreide=
felsen von Jasmund entgegen, um erst in der folgenden
Nacht zu seinem Schiff zurückzukehren.

*   *   *

Nicht gar weit von Stralsund gegen Nordwest über
die Ostsee erhob sich am Guldborgsund, der schmalen Meer=
enge zwischen den dänischen Inseln Falster und Laaland,
auf der ersteren eine der stolzesten und festesten Schloß=
burgen ganz Dänemarks, das Städtchen Nykjöbing über=
ragend, ‚Nykjöbingschloß‘, schon im zwölften Jahrhundert
erbaut. Hier hatten von je die Könige, auch Waldemar
Atterdag, mit Vorliebe zu Sommerzeiten Hoflager ge=
halten, und so tat’s jetzt Erich, der Beherrscher der drei
skandinavischen Reiche. Unbezwinglich trotzte das Schloß
sicher jedem Angriff, doch wenige Schlachtschiffe genügten
außerdem, die Zugänge des engen Sundes aller feindlichen
Annäherung zu sperren; Orlogskoggen benannte die Zeit
sie nach dem niederländischen Wort ‚Oorlog‘, indes
hatte auch schon das angelsächsische ‚orlege‘ ebenso „Krieg‘
bedeutet. Sehr klein zusammengerückt aber war hier die
Schaubühne, auf der seit Jahrhunderten unablässig die
wellengeschaukelten Kämpfer von hüben und drüben gegen=
einander auftraten; bei heller Luft reichte der Blick von
der Südspitze Falsters bis an die Küste von Rostock
und Wismar hinüber.

Laut und lärmend ging’s nun an einem Hochsommer=
abend beim noch späten Tageslicht in einer der großen

Hallen von Nykjöbingschloß zu. Dort saß König Erich
an langem Tisch mit seinen Hof= und Hauptmännern
beim Bankett; Wein, Met und Hamburger Bier, an dem
die gut kaufmännisch rechnende Hansestadt auch den schlimm=
sten Gegner nicht darben ließ, troff über die Ränder der
großen klirrenden Erzhumpen; seit geraumer Zeit schon
hatte die schöne Königin Philippa, des englischen Königs
Heinrich des Vierten Tochter und Erichs noch jugend=
liches Gemahl, das wildwerdende Gelage mit den mählich
in der Trunkenheit scheulos und zuchtlos herausfahrenden
Zungen verlassen. Auf erhöhtem Armsitz thronte der
König, von purpurnem Mantel umkleidet, mit einem stein=
funkelnden Goldreif am Stirnrand des dunklen Haares;
vor den Blicken anderer stellte er sich stets in den Ab=
zeichen seiner Macht und Hoheit zur Schau. Nicht mehr
der Knabe von der kärglichen Väterburg bei Rügenwalde
war's, ein hoch und breitbrustig gewachsener Mann; nach
nordischem Brauch umgab ein voller Bart, doch kurz an
den Seiten, nur unter dem Kinn sich verlängernd, sein
Gesicht. Aus dem sprühten nach Genuß und Befriedigung
der Sinne begierige Augen, trugen etwas von flackernd
nach einem Nährstoff umzüngelnden Flammen in sich. Sie
hatten auch so zwischen den Lidern Waldemars lodern ge=
konnt, im Nachdurst, beim Trunk, vor allem, wenn ein
schönes Weib fremd zum erstenmal vor seinen Blick ge=
raten; doch er war Herr über sich gewesen, wo wichtigeres
in Rechnung stand, die aus seinem Innern hervorsprin=
genden Funken zurückzubändigen. Das vermochte sein Ur=
enkel nicht, unverhohlen und unköniglich offenbarte er sein
Gelüst, überließ sich ihm beherrschungslos; seiner jungen,
schönen Gemahlin indes war kein heißer Blick seiner Augen
nachgefolgt, als sie aus der Halle davongegangen; er

liebte blondes Gelock nicht, und ſie teilte ſchon ſeit zwei
Jahren den Thron mit ihm. Doch befand er ſich heute
in beſter Laune, eine große Anzahl gleichlautender Briefe
war ihm aus Deutſchland her zugegangen, Abſageſchreiben
der ‚oberheidiſchen‘ Hanſeſtädte im Binnenland zwiſchen
Elbe und Rhein, und ein herbeigebrachtes Pergamentblatt
aufrollend, las er die Schrift drauf lautſtimmig vor. Die
richteten ‚Burgemeiſter, Rat und gemeine Bürger‘ der
Städte an den „hochgeborenen Fürſten, Herrn Erich, der
Reiche Dänemark, Schweden und Norwegen, der Wenden
und Goten König und Herzog von Pommern“, und in
den Fehdebriefen erklärten ſämtliche ſich als Feinde ſeiner
Reiche und aller Unterſaſſen um ihrer Freunde, der ſechs
führenden Städte willen, daß auch ſie als Glieder der
deutſchen Hanſe ihn mit Krieg überziehen würden und
„ſich ihrer Ehren verwahrten“. Ungezählte Schriftſtücke
waren’s von Bundesangehörigen, die nicht an der See
belegen, keine Schiffe beſaßen, mit ihnen an dem Kampf
teilzunehmen, doch Geldbeiträge zu dieſem leiſten wollten,
damit ſie nicht „ſchwerlich beſchädigt würden“; die Ab-
ſage erinnerte faſt genau an diejenige, welche vor drei
Geſchlechtern Waldemar Atterbag von den ſiebenundſiebzig
Hanſeſtädten behändigt worden war. Deſſen gedachte auch
König Erich, der mit einem Ton höchſter Beluſtigung die
Kundgabe verleſen, und ſpöttiſch lachend fügte er für die
Zuhörer um den Tiſch hinterbrein: „Wiſſet ihr noch, was
mein Ahnvater den Pfefferkrämern zur Antwort gab? Er
ließ ihnen erwidern:

> „Söben und ſöbentig Henſen
> Hefft ſöben und ſöbentig Genſen,
> Wenn mi de Genſen blot nich biten,
> Na be Henſen frag’ ich nich en ſchiten.“

Ein wieherndes Gelächter scholl aus allen Kehlen
der mehr oder minder Trunkenen zurück, in das der König
auf plattdeutsch — denn der dänischen Sprache war er
nie ausreichend mächtig geworden — hineinrief:

„De söben un söbentig Gensen makt wedder Gesnater,
Denn duckt wi se mal wedder in't Water."

Unter laut hallendem Beifallsgejauchz stand er auf,
wandte den Blick zweien Mitgliedern der Runde zu, die
erst seit dem Morgen im Schloß zu Gast waren, und
sprach sie an: „Junker Henning und Junker Hanns, ihr
wolltet mir als guten Schlaftrunk eine lustige Ausricht
machen; begleitet mich noch in mein Gemach dazu." Die
Angeredeten erhoben sich gleichfalls, dem Herrn zu folgen;
er brach heute früher als sonst vom Bankett auf, etwas
Bedeutsames mußte ihm im Sinn liegen oder eine junge
Schöne auf sein Kommen warten. Dem ging zwar zuwider, daß er die Begleiter mit sich nahm; die Zurück-
bleibenden sprachen, soweit der Rausch es zuließ, mit ge-
dämpften Stimmen, ihre Meinungen darüber durcheinander.
Man kannte die Namen der beiden von auswärts her in
Nykjöbing Eingetroffenen, Deutsche waren es, Abkommen
alter Geschlechter, der eine Henning Manteuffel aus Pommern, der das lange Haar an der rechten Schläfe eigentümlich zusammengekraust trug, so daß nichts dort von
der Ohrmuschel drunter hervorstach; der zweite hieß Hanns
Moltke, seine Väterburg Stridfeld stand in Mecklenburg.
Ihre Züge boten auch ein abliges, doch verwildertes Aussehen, und heimlich ging ein Zuraunen um, sie führten
anderswo andere Namen, auf der See, am Schiffsbord, als
zwei der tollkühnsten und beutelüsternsten Likedeeler des
jetzigen Vitalienhauptmanns Bartholomäus Voet, der noch

im Vorjahr wieder einen verwegenen Raubanfall auf Bergen
ins Werk gesetzt hatte.   Im gegenwärtigen Krieg hielt er
zwar Bundesgenossenschaft mit den holsteinischen Grafen
und der Hansa, aber unter den Seeräubern jagten von
jeher manche auf eigene Hand ihrem Gewinn nach, und
der Sinnesart des Königs lief's nicht zuwider, mit solchen
für einen wichtigen Zweck in Verbindung zu treten; ein
Gerücht besagte von ihm, ehe er der Beherrscher der drei
Reiche geworden, sei er selbst mit dem Gedanken umge-
gangen, ein Seeräuber zu werden.   Dazu standen Henning
Manteuffel und Hanns Moltke als deutsche Landsleute,
der erstere obendrein als pommerscher Untertan, seinem Zu-
trauen besonders nahe; Sicheres mußte freilich niemand
von ihnen, noch um was sich's handeln möge.   Doch auffällig war's, daß er sie derartig zu sich beschieden hatte,
und ward's noch mehr dadurch, daß die halbe Nacht verging, bevor die beiden wieder aus seinem Schlafgemach
heraustraten.

Und seltsam wiederholte sich Ähnliches am folgenden
Tage.   Abermals war ein deutscher Fremdling, diesmal
schon grauhaarig, vorgerückten Alters, im Schloß einge-
troffen, hatte auf sein Ansuchen Vorlaß beim König gefunden und saß am Abend als Gast mit beim Trinkgelage.
Von den um den Tisch Angesammelten kannte ihn niemand, auch die beiden deutschen Junker nicht; er benannte
sich auf Anfrage Marten Wollweber aus Danzig, war
auch sicherlich nicht vom Adel, sondern ein Stadtbürger
und machte den Eindruck, ein feinerer Gewerksmann zu
sein, vielleicht ein kunstfertiger Goldschmied, der hier bei
dem prunksüchtigen Fürsten Absatz für einen besonders
wertvollen Schmuck erhoffte.   Nur wenig sich am Trunk
beteiligend und selten einmal mitredend, saß er still da,

im Gefühl schien's, daß er nicht unter die ritterbürtige
Tafelrunde paßte, hörte nur den Gesprächen zu und ließ
dann und wann kurz die Augen auf einem Gesicht ver=
weilen. Doch als König Erich sich ebenso wie gestern
ungewohnt frühzeitig erhob, sagte er wiederum: „Geleitet
mich, Herr Wollweber, und tut mir noch den Preis für
Euren kostbaren Schatz kund." Offenbar hatte die Mut=
maßung sich nicht getäuscht, ein Schmuckhändler war's,
der die Begier des Königs zu reizen verstanden, und er
schritt hinter den fackeltragenden, reichgewandeten Hof=
knappen drein. Es ergab sich alsbald, daß zwischen beiden
dasjenige, um was es sich handelte, bereits ausführlicher
zur Rede gelangt sei, sowie daß Erich besser als sein Hof
über Herkunft und Stand des Fremden unterrichtet war,
denn unter vier Augen mit diesem sagte er: „Setzet Euch
nieder, Magister, und seiet ohne Sorgnis, ich könne Euch
minder an Wert achten, weil die Schwertschneide des Ham=
burger Meisters Rosenfeld Eures Bruders Kopf auf die
Erde gelegt hat. Vielmehr schätze ich Euch besonders,
des gleichen Blutes wegen, das er in sich getragen, sowie
als grimmigen Feind der Pfefferknechte, und bin Euch gut
dafür zu Dank, daß Ihr hierhergekommen seid, mir von
dem Enkelkind des tüchtigen Mannes Bericht zu geben,
der wohl verdient, daß unter dem Volk Ruhmlieder von
seinen großen Taten auf der Ost= und Nordsee umgehen.
Sein Angedenken zu ehren in dem, was er hinterlassen, bin
auch ich gern willfährig; fasset mir noch einmal zusammen,
in welcherlei Weise es so geschehen ist. Verhält sich die
sondere Art des Mägdleins nach Eurer Aussage, da wäre
ich bereit, sie hierherbringen zu lassen, in den Dienst
meiner Gemahlin aufzunehmen und nach dem Verdienst
ihres Altervaters für sie Sorge zu tragen."

5*

Eine glimmernde, von tätiger Einbildungskraft
zeugende Erwartung redete aus den Augen König Erichs,
und der Magister Bertram Wigbold gab Antwort: „Wie
ich es Eurer hochgeborenen Durchlauchtigkeit heute
morgen gesprochen, ist mir Kunde davon aus Schrift=
stücken meines vom Hamburger Rat mit Schimpf gerich=
teten Bruders zu teil worden. Drin steht angemerkt, daß
Claus Störtebeker einmal durch den Liebesverband mit
einer schönen Fischerstochter an unserem Seestrand zum
Urheber des Lebens eines Mädchens geworden sei, das,
in die Jahre der Reife gekommen, wiederum eine Tochter
empfangen, von welchem Vater vermag ich nicht zu sagen.
Doch als zu späterer Zeit der große Seeheld sich oftmalig
mit seinen Schiffen auf der Insel Rügen im Hinterhalt
geborgen und dort zu guter Weile am Land unter der
Stubbenkammer aus Kreidestein einen Bau aufrichten
lassen, den kein Auge von der See her wahrnehmen ge=
konnt, da hat er seine Tochter ausfindig gemacht, sie mit
ihrem Kinde zu sich in das weiße Haus genommen und,
als er wieder auf die Nordsee davon gezogen, ihrer Ob=
hut alles übergeben, was er auf seinen Umfahrten in der
Ostsee während jener Zeit erbeutet und in den Kreide=
felsen vergraben gehabt. Sie hat aber vergebens auf seine
Wiederkunft geharrt, weil die ‚Bunte Kuh‘ ihn beim
Hilligen Land mit ihren Hörnern niedergerannt; so ist
sie mit ihrer Tochter in dem Klippenhaus verblieben und
hat Nahrung von einigen wendischen Fischern empfangen,
die dort in der Wildnis an einer Nehrung hausen; von
den verborgenen Schätzen, die ihr als Erbteil zugefallen,
vermochte sie alles überreich zu entgelten. Davon stand
nicht mehr in meines Bruders Bericht, sondern ich hab's
erst mit meinen eignen Augen gesehen und aus ihrem

Munde vernommen, als mich's vor kurzem einmal ange=
trieben, dorthin zu segeln; es klopft, wie's Eure hoch=
geborene Durchlauchtigkeit gesprochen, das Blut meines
Bruders auch in mir aufs Salzwasser hinaus. So habe
ich die Jungfrau gewahrt, die jetzt siebzehn Jahre zählen
mag, und mich bedünkt, ihre Schönheit wäre einer fürst=
lichen Krone würdig, denn so lang mein Leben gedauert,
kam nichts ihr Gleiches an wunderbarem Liebreiz mir zu
Gesicht. Es jammerte mich, daß solche junge Herrlichkeit
eines Weibes in der Verlassenheit hinaltern und vergehen
sollte, deshalb fuhr ich hierher, einen Beistand, der sie
daraus befreie, für sie zu werben. Denn ich be=
fand mich sonder Zweifel, der hochgemute Sinn Eurer
Durchlauchtigkeit nähme Anteil an Claus Störtebeker,
dem vormaligen Todfeind der deutschen Hanse, und werde,
so hoffte ich, sich auch zu einem Mitgefühl für sein hilf=
loses Enkelkind bewegen lassen. Doch will ich mich nicht
ruhmredig als selbstsuchtlos emporheben; mein altgeworde=
nes Leben verkümmert unter Dürftigkeit und Mangel, da
um meines Namens willen die Bürger Stralsunds sich feind=
selig von mir abkehren. Drum knüpfte ich auch für mich die
Hoffnung daran, Eure königliche Durchlauchtigkeit werde
hochgesinnt meiner Obsorge für das schöne Tochterkind
des großen Seehelden gleichfalls mit einem kleinen Lohne
gedenken."

Unter den wohlgefügten Worten schimmerte aus dem
letzten doch der eigentliche Zweck der Reise Bertram Wig=
bolds, die Geldgier des verhohlenen alten Kupplers
hervor. In des Hörers Augen hatte während der Er=
zählung sich der brennende Glanz noch mehr verstärkt, er
versetzte jetzt: „Hörtet Ihr je, daß König Erichs Hand
sich karg wies, eine edle Tat zu entgelten? Bringt mir

die Enkeltochter Störtebekers hierher, und wenn ich er=
kenne, daß die Wirklichkeit Eurem Bericht gleichkommt,
seid des verdienten Lohnes gewiß.“

Dazu jedoch schüttelte der Magiſter den Kopf und
antwortete: „Das würde mir nicht gelingen, ihre Mutter
bewacht sie mit den Augen, die dem Argus der alten
Mythe zugemeſſen werden, und ohne deren Zuwilligung
vermöchte ich sie nicht fortzubringen, denn auf ihr Geheiß
würden die Fiſcher sich ihr zum Beiſtand geſellen. Doch
es iſt nicht weit bis an die öde Nordküſte von Rügen
hinüber, binnen wenigem will der Mond sich füllen, und
in einer hellen Nacht könnte Eure königliche Durchlauch=
tigkeit leichtlich sich mit eignen Augen überzeugen, ob ich
von solchem Wunder der Schönheit mit zu hohen Worten
geredet habe. Es erſchiene das fürwahr gleich einer
Wiederkunft des oberſten der alten olympiſchen Götter,
daran gemahnend, wie unerkannt, in verwandelter Geſtalt
der höchſte Jupiter seinen gnadenreichen Blick auf der
ſchönen Jo, des Inachos Tochter, verweilen ließ, und
meinem Bemühen gelänge es wohl, die Wachſamkeit des
weiblichen Argus durch Einſchläferung unſchädlich zu machen.
Der Täuſchung unterliegen zwar die Augen gewöhnlicher
Menſchen, darum könnte sie auch meine betroffen haben;
dagegen würde ſicherlich für den Blick Eurer königlichen
Durchlauchtigkeit eine Stunde der Nacht zur Erkenntnis ge=
nügen, ob die Jungfrau würdig sei, hierher in den Dienſt
Eurer Gemahlin überführt zu werden.“

Bekannt war’s, daß König Erich oftmals ein Ver=
gnügen daran fand, nächtlich in Verkleidungen ihn an=
reizenden Abenteuern nachzugehen — auch das hatte er
von seinem Urältervater überkommen, der einſt so durch
die Liebſchaft mit einer Bürgerstochter von Wisby die

feste Stadt listig in seine Hand gebracht — und in seinem
Gesicht stand zu lesen, daß ihm's nicht mißfallen habe,
mit dem obersten der Götter des Altertums verglichen zu
sein. Mancherlei schmeichelhafter Bewunderung hatte die
Rede Wigbolds Ausdruck verliehen und zum Schluß eine
Hindeutung angefügt, die von höchst verständiger Auf=
fassung der Angelegenheit zeugte. Beipflichtung ließ sich
der Miene des Königs entnehmen, und ein Zug begehr=
licher Vorstellung umspielte seinen Mund, wie er ent=
gegnete: „Euer Rat mag das Richtige getroffen haben, es
wird wohlgetan sein, daß ich mich zuvor selbst darüber
vergewissere, ob das Enkelkind Claus Störtebekers mir für
den Dienst bei meiner Gemahlin geeignet erscheint. Mond=
nächte, sagt Ihr, stehen bevor, mir ist's noch im Gedächt=
nis, die machen sich hübsch drüben am Seestrand, und ich
hätte wohl Lust, auch einmal die Kreidewände von Jas=
mund bei Mondschein zu sehen. Ihr seid ein gelehrter
Mann, Magister — drei Königreiche machen viel zu
schaffen und aus meinem Kopf ist's etwas weggeraten —
weckt's auf und erzählt mir noch einmal, wie sich's mit
Jupiter und Jo zutrug. Eine lustige Geschichte war's,
mir ist's dunkel, eine Kuh kommt drin vor — nicht die
bunte Kuh, die Euch den Haß auf die Pfefferknechte ins
Blut gestoßen — aber die Gemahlin Jupiters war von
Haß gegen sie entbrannt. Das war sie vermutlich nicht
ohne Grund, denn ein häßliches Geschöpf hassen die Ehe=
frauen nicht — laßt mich die Geschichte wieder hören,
Magister, vielleicht träumt sich's gut in der Nacht darauf."

König Erich sprach's lachend, lehnte den Kopf zurück
und ließ die Lider auf die Augen fallen. Doch unter
ihnen überblinzelte er durch die Wimpern unmerkbar das
Gesicht Bertram Wigbolds, wie man einst von Waldemar

Atterdag geſagt hatte, ‚at han blinkede med Diene‘, wenn
er jemand vor ſich ſprechen ließ, um ihm zuhörend in
in ſeinem Innern zu leſen.

*   *   *

Schon ſeit einem Jahrhundert war durch die Hanſe
auf dem Gebiet der Seefahrt eine Umänderung bewirkt,
die biß dahin allgemein in Europa bräuchlich geweſene,
noch vom Altertum übernommene ſpaniſche ‚Galeere‘ durch
die niederländiſch=hanſiſche ‚Kogge‘ verdrängt worden; ſelbſt
die Venetianer und Genueſer hatten dieſe Schiffsbauart,
als zweckmäßiger ſowohl für den Handel wie für die
Kriegführung angenommen. Die ‚Kogge‘ ſtellte das größte
Fahrzeug der Zeit dar; breitgebaucht und hochgebordet,
trug ſie an der Vorder= und Rückſeite aufgetürmte ‚Kaſtelle‘,
die im Kampf den hohen Standplatz der Waffenträger
bildeten und mit Bliden und Mangen, Schleudergeräten
zum Werfen großer Steine, ſowie mit Brennſtoffen ange=
füllter Fäſſer ausgerüſtet waren; dieſe Wurfmaſchinen
hatten ſich vielfach auch nach dem Aufkommen der Feuer=
geſchütze, der ‚Feldſchlangen‘ und ‚Bombarden‘ noch fort=
erhalten. Zumeiſt führte die ‚Kogge‘ einen Großmaſt und
einen Beſan= oder Hintermaſt, bei den mächtigſten trat
noch ein Fockmaſt hinzu. Der erſtere enthielt auf dem
‚Mars‘, dem Maſtkorb um ſeine Mitte, von der ſich ſeine
‚Stenge‘ weiter aufhob, ein ‚Topkaſtell‘, deſſen runder, von
einer Brüſtung umgebener Ausbau den Schützen zum Auf=
enthalt diente, vordem den ‚Armbruſtern‘, nunmehr den
Handhabern der nach und nach zur Anwendung gelangten
‚Knallbüchſen‘, ‚Haken‘ und ‚Arkebuſen‘, kleinerer, nur ſehr
umſtändlich noch benutzbarer Handfeuerwaffen. Überaus

stolz aber zog bei günstigem Wind solche hansische Voll=
kogge mit ihrer gebauschten Segelfülle, dem riesigen latei=
nischen Großsegel, den Jock= und Besan=, Mars=, Klüver=
und Sprietsegeln über die Wellen dahin; unter dem langen
Bugspriet blickte gemeiniglich, aus Holz geschnitzt oder in
Erz gegossen, das Brustbildnis des Erzengels oder Heiligen
auf, dessen Namen das Schiff trug. Für den Krieg voll=
bemannt, führte dies bis zu anderthalbhundert ‚Wappner‘,
ein halbes Dutzend ‚Bombarden‘ mit den dazu gehörigen
‚Kraut‘=Tonnen, den Pulverfässern, und daneben noch eine
Anzahl der alten Bliden an Bord.

Um ein paar Tage nach der Zwiesprache des Königs
Erich und Bertram Wigbolds lief in noch dämmeriger
Morgenfrühe eine derartige ‚Kogge‘, doch nur mittlerer
Größe, von der Nykjöbinger Ladebrücke ab und nahm
ihren Weg durch den Guldborgsund nach Süden. Als sie
zur freien See hinauskam, war der Tag voll angebrochen,
guter Wind füllte hier ihre Segel, denn er ließ am
Dünenrand von Gjedserodde, der einsamen Südspitze
Falsters, an einer dort im Sand aufgepflanzten Fichten=
stange ein Stück Flaggentuch lustig gen Osten flattern;
ein Deutungszeichen der Untiefe vor der Insel schien's zu
sein. Sichtlich war das Schiff ein Handelsfahrzeug, wenn
auch breitbauchig, doch für leichtere Beweglichkeit gebaut,
als die schwerfälligen Vollkoggen. Zwar mit einer schmal=
brüstigen Snigge, die schon etwas Vorsprung vor ihr hatte,
vermochte es nicht zu wetten; sie erweiterte, sich gleichfalls
ostwärts haltend, bald den Abstand noch mehr, verschwand
vor Mittag völlig aus dem Gesicht. Merkbar indes lag
der Kogge auch nicht dran, ihr durch größere Schnellig=
keit den Vorrang abzulaufen, sie hielt nur die Hälfte
der Segel beigesetzt und trieb gemächlich dahin; an

ihrem Hintermast wehte eine Flagge, von der zu mut=
maßen stand, daß sie ihr zu Recht nicht zukomme. Doch
war von keinem Auge gesehen worden, daß sie die
Flagge der Stadt Danzig erst nach ihrer Ausfahrt aus
dem Gulbborgsund gehißt hatte; die dänische zu zeigen,
wäre hier im Bereich der hansischen Osterlinge für einen
wehrlosen Kauffahrer bei den Kriegsläuften nicht ratsam
gewesen. So aber verbürgte der trügerische Anschein der
Kogge ziemliche Sicherung, zumal da sie sich längere Zeit
in der Nähe von Falster hielt und im Notfall an diesem
Schutz suchen konnte. Doch im Beginn des Nachmittags
änderte sie plötzlich den Kurs, lief aus der Höhe der
Kreidefelsen von Möen quer über die See gegen die
pommersche Küste zu, jetzt unter Vollsegeln, mit denen sie
rasch einigen ihr begegnenden, mühsam wider den Wind
kreuzenden kleineren Hanseschiffen vorbeigelangte. Dann
stieg vor ihr der ödverlassene Uferkamm von Arkona mit
seinem dunklen Trümmerrest auf; an der Brüstung des
Vorderkastells stand neben dem Magister Wigbold ein
Mann, der mit lang ihn umhüllender Schaube aus lündi=
schem Tuch das Aussehen eines reisenden Kaufmanns bot.
Seine Hand deutete nach dem Vorgebirg' hinüber und er
sprach dazu: „Ein Erich hat die Burg niedergelegt und
ein Waldemar den Tempel Swantewits zu Asche gemacht.
Heute sind beide in Einem beisammen, der das Hanse=
Götzenbild in Stücke schlagen wird, und Euch zu Dank,
Magister, gedenk' ich einen Kohlenhaufen rauchen zu lassen,
wo Eure Stadt Stralsund steht. Ich habe ihr eine lange
Rechnung aufgekreidet, an der Zeit ist's, sie einzutreiben.
Glimmert da drüben schon die Kreide von Jasmund?
Zur Nacht liegt mir noch andere Dankschuld auf für Claus
Störtebekers Hinterlassenschaft, und Ihr seht, ich habe

Vertrauen in Euch gesetzt, Magister, daß mir in seinem
weißen Fuchsstollen keine Täuschung vor Augen gerät."
König Erich schlug über dem Kaufmannsrock ein lustiges
Lachen zu den Worten auf, bereits erkennbar schimmerte
die helle Wand der Stubbenkammer aus Süden her über
der Wasserfläche, und die nur mit der gewöhnlichen Mann=
schaft eines Handelsschiffes besetzte Kogge nahm jetzt graden
Lauf gegen die verrufene Küste hin. Das Abenddunkel
fiel ein, doch ehe sie in zu bedrohliche Nähe des Ufers
kam, stieg der in Rechnung gezogene Mond herauf und
gab Helligkeit genug, um eine Zufahrt und gesicherten
Landungsplatz ausfinden zu lassen. Die Abenteuerlust
des Beherrschers der nordischen Reiche hatte ihn zu einem
nicht unbedenklichen Unterfangen verlockt; wie einst Walde=
mar Atterdag als Bürger verkleidet an der Küste von
Gotland gelandet war, durch Liebesbetörung einer Tochter
der reichen Stadt Wisby sich dieser zu bemächtigen, so
stieg bei nächtlicher Weile sein Urenkel an dem einsamen
Nordstrand Rügens aus. Doch nicht von der Sucht her=
getrieben, eine Stadt an sich zu bringen, sondern nur
um sich mit eigenen Augen zu vergewissern, ob ein
junges Mädchending würdig sei, von ihm für den
Dienst seiner Gemahlin mit nach Nykjöbingschloß geführt
zu werden.

Nur ein mäßiger Wind ging, doch im Verein mit
dem Anrauschen der Wellen an den Strand schuf er ein
rohrend die Luft durchspinnendes Geräusch, das den Schall
von Fußtritten im klirrenden Gestein nur kurzhin ver=
nehmen ließ. Wie dieses murrende Gesumme das Ohr,
umgab ein ungewisser Schein die Augen, denn der Mond
war noch nicht über die Stubbenkammer heraufgerückt,
ihr Schatten reichte noch bis dahin, wo die nächtlichen

Ankömmlinge ans Land getreten, so daß der Blick kaum
auf einige Schritte in der Runde das umher Befindliche
unterschied.   Bertram Wigbold drehte einmal, ohne recht
zu wissen, weshalb, mechanisch den Kopf zurück, doch gleich=
zeitig faßte der König ihn unterm Arm und sagte: „Führt
mich, Magister, Ihr seid hier die Katze, die im Dunkeln
sieht.   Wo ist das Mauseloch mit der weißen Maus drin?
Ich sehe nichts vor mir als Rabengefieder."   Der Be=
fragte erwiderte: „Eurer königlichen Durchlauchtigkeit wird
sich das Dunkel bald aufhellen, hier kommen wir gleich
ans Ziel."   Seinen Begleiter führend, umbog er eine
vorspringende Gesteinmasse, und hinter dieser fiel ihnen
schon von nahe her ein roter Lichtstrahl ins Gesicht. Wand=
fackeln warfen ihn aus dem Innern des weißen Kreide=
hauses hervor, dessen Tür offen stand, als ob es die
Ankunft von Gästen erwarte, und ein paar Augenblicke
später setzten die Weitergeschrittenen den Fuß in die selt=
same große Halle hinein.   Sie war leer wie damals, als
Jörg von der Lippe auf seiner Wanderung zu ihr ge=
raten, nur am Herd stand eine weibliche Gestalt in dem
wunderlichen, mit Rad und Galgen anblickenden Gewand,
unerkennbaren Gesichts, denn ein schwarzes Schleiergewebe
hielt es überdeckt.   Wigbold sprach gedämpft: „Die Frau
ist's, von der ich Eurer Durchlauchtigkeit kundgetan,"
und der König fragte, sie anredend: „Bist du Claus
Störtebekers Tochter?   Wo ist deine Tochter?"   Nun
klang antwortend ihre Stimme: „Ja, du kennst mich. Ich
habe lange auf deinen Besuch gewartet, Erich von Pom=
mern.   Setze dich an den Tisch.   Das Nachtmahl steht
dir bereitet, so gut ich's vermocht, und meines Vaters
Humpen für dich gefüllt."   Beim letzten zog sie den
Schleier ab und sprach hinterbrein: „Wieder Mondnacht

ist's. Kommst du, deine Tochter auf dein Schloß zu
holen und ihr eine Krone aufs Haar zu setzen? Ich
will sie rufen."

Ein helltöniges Gelächter brach dazu aus ihrem Mund,
den Augen König Erichs entgegen, der ungewiß auf ihre
enthüllten Züge gestarrt und jetzt hervorstieß: „Ich kenne
dich — wir sahen uns schon — du hießt Gesa —"

Sie ging der Türöffnung zu, und nun lachte auch
der König schallend auf, sprach danach, seinem verständnis=
los breinschauenden Führer mit der Hand auf die Schulter
schlagend: „Das habt Ihr lustig angestellt, Magister!
Ich sagte Euch guten Lohn zu —"

Etwas Drohendes lauerte aus dem Klang der Worte
herauf, ein schriller Möwenruf durchschnitt sie, mit dem
die zur Tür Getretene ein Zeichen nach außen gab. Dem
antwortete ein Ruf von dorther: „Hinunter, und bindet
ihm Arm und Bein!" Die Stimme Jörgs von der
Lippe war's, aus einem Felsenversteck erscholl das hurtige
Niederdröhnen eines Dutzend von Fußtritten. Doch gleich
danach stürmten andere Töne durcheinander, Getöse, Waffen=
geklirr, wilde deutsche Seemannsflüche und Hohngeschrei
in dänischer Zunge. Dann abermals ein Befehlsruf Jörgs:
„Umsonst! Zurück!" Der Mond schoß die erste Silber=
zinke über die Stubbenkammer, und sein Licht zeigte den
weißen Bau rundhin von einem halben Hundert stark
Gewaffneter umringt, die der breite Bauch der Kogge nicht
wahrnehmbar verborgen gehalten; ungesehen und ungehört
waren sie ihrem Gebieter nachgefolgt. Der trug die Be=
gier Waldemar Atterdags in sich, doch auch seine Ver=
schlagenheit und hatte mit den blinzelnden Augen Unrat
gewittert. Der Fuchs war nicht nach dem Köder in die
Falle gegangen, ohne sich den Rückweg sicher offen zu

halten. Die lange Schaube abwerfend aber ſtand König
Erich in glitzerndem Kettenpanzer mit gezogenem Schwert,
ſchlug dem verdutzten Magiſter nochmals mächtig auf die
Schulter und ſagte unter einem grimmigen Lachen: „Du
ſollſt es bei mir beſſer haben, als dein Bruder beim Meiſter
Roſenfeld, und morgen früh zuerſt am Maſt die Sonne
aufgehn ſehen."

Faſt gedankenſchnell war das Überraſchende geſchehen,
doch blitzgeſchwind auch hatte Geſa den Vorgang begriffen,
riß eine Fackel von der Wand, mit der andern Hand
Bertram Wigbold hinter ſich, wies ihm: „Da hinunter!"
und ſtand mit dem brennenden Kienholz vor dem König.
Ihre dunkelglimmernden Augenſterne blickten ihn furchtlos
an und lachend ſprach ſie dazu: „Du wollteſt mein
Geſicht deutlicher als im Mondſchein ſehen, Erich von
Pommern. Gefällt deine Braut dir ſo? Du brauchſt
dich ihrer nicht zu ſchämen, ſie iſt nicht mehr ſchwach von
Sinnen und eines Seekönigs Tochter, wie du's gemeint.
Deine Tochter hält Hertha in Hut, denn du kannſt ſie
nicht zu dir nehmen, wie du's gedacht. Aber mir gefällſt
du, mein Liebſter, du biſt kein Bauernjunge mehr, ſondern ein ſchöner Mann geworden, und ich will mit dir
nach deinem Schloß gehn und dir helfen deine Kronen
zu tragen. Mir gehören ſie zu Recht, nicht der Eng=
länderin, denn die iſt nur dein Kebsweib. Aber ich bin
von deiner Wahl die Königin in deinen Reichen. Bis
heute hat's nur der Mond gewußt, jetzt ſoll's auch die
Sonne ſehn! Komm, mein Gemahl!"

Hörbar zu Spott und Hohn war's gemeint, doch
aus der Stimme der Tochter Claus Störtebekers kam noch
einmal ein Nachhall des halbirren Tons herauf, mit dem
ſie in der Mondnacht auf Wollin zwiſchen den Trümmer=

reſten der alten Palnatoke-Burg auf die Fragen des ver-
kleideten Fürſtenſohns geantwortet hatte.   König Erich
aber fiel das Blut aus dem Geſicht, als ob ein aus dem
Boden aufgewachſenes Geſpenſt vor ihm ſtehe und die
Hand nach ihm ſtrecke.   Faſſungslos übermannte ihn die
Einbildung mit einem Hirngeſpinſt, ſie habe die Macht,
auszuführen, was ſie drohe, könne ihn zu Schimpf und
Schande zwingen, ſie mit ſich vor aller Augen ins Königs-
ſchloß zu führen.   Verworrenen Sinns, ſchreckbetäubt wich
er vor ihrer Hand zurück; ſie folgte ihm nach, drängte
ihn mit der Fackel, dem vorgeſtreckten Arm, mit koſenden
Liebesworten Schritt um Schritt weiter zur Tür, ſeinen
draußen harrenden Kriegsmännern entgegen.   Nun bis
über die Schwelle, daß ſie die Bohlentür zuſchlagen und
den Riegelbalken vorſtoßen konnte.   Hindurch ſchlug ihm
noch einmal ein geiſterhaftes Lachen ihres Mundes wie
ferne Kindheitserinnerung ans Ohr, dann warf Geſa die
Fackel auf den Herd und tauchte an der Stelle nach in
den Boden hinunter, wo Bertram Wigbold aus der Halle
verſchwunden war.   Die Seeräuber hatten durch den
weichen Kreidegrund Stollen nach Höhlungen gegraben,
in denen ſie ihre Beute verborgen gehalten, und ein heim-
liches Schlupfloch führte weiter auch ins Freie hinaus.
Das wußte Erich von Pommern nicht, mußte glauben,
er halte die beiden im umſchloſſenen Haus in ſeiner Gewalt.   Doch er dachte nicht mehr daran, ſich des Magiſters
zu bemächtigen, Furcht vor dem Mondnachtsgeſpenſt von
Wollin rüttelte und ſchüttelte ihm noch die Glieder.   Wie
dort lag die weiße Nacht unheimlich hier um ihn, er gab,
haſtig davoneilend, Befehl, wieder mit der Kogge in See
zu ſtechen, und als die aufgehende Sonne das Schiff ſchon
im Angeſicht der Südſpitze Falſters begrüßte, ſah ſie

Bertram Wigbold nicht vom Mast herabhängen. Doch
flatterte auf der Düne von Gjedserodde an der Fichtenstange
noch die Linnenflagge, die der Snigge Jörgs von der Lippe
das Zeichen gegeben, daß der König gewillt sei, in der
Morgenfrühe die Abenteuerfahrt nach Rügen zu unter=
nehmen.

Anders als erhofft aber hatte der Tag geendet, den
Anschlag Jörgs, seinem Vater König Erich mit gebunde=
nen Armen ins Haus zu bringen, zerscheitern lassen. Den
Grund, der ihn zum Entwurf dieses mißglückten Planes
getrieben, gab die Mondnacht in der kleinen Waldlichtung
an dem dunklen Wasserspiegel des Hertha=Sees zu er=
kennen. Dort, wo nur noch der alte Erdwall von einem
Bauwerk verschollener Vorzeit Kunde forterhielt, hatten alle,
die drunten der Übermacht weichen gemußt, sich zusammen=
gefunden, und auf einem der bemoosten Trümmersteine
saß Jörg von der Lippe, die junge Gesa, die nicht Hertha
hieß, sondern den gleichen Namen ihrer Mutter trug, auf
seinen Knien haltend. Nicht zum erstenmal tat er's so,
und sein Arm lag um ihren Nacken geschlungen, denn er
wußte schon seit mancher Wiederkehr sicher, daß sie keine
Seejungfer, vielmehr ein gar wundersam schönes Menschen=
kind sei, und in dieser Nacht nun war ihm dazu kund
geworden, sie sei eine Tochter des Beherrschers der skan=
dinavischen Reiche. Aber er wußte auch, das nütze ihm
nicht gegen den Widerstand seines Vaters, dessen Einwilli=
gung zu gewinnen, daß er sich ein Weib seiner eigenen
Wahl heimführe, wenn der Alte dies des Geschlechtes
derer von der Lippe nicht gleichbürtig achte. Wohl ein=
verstanden zwar war Gesa, die Mutter, den Burge=
meistersohn von Stralsund zum Eidam zu erhalten, doch
nur unter der Sicherung, er bringe ihre Tochter als an=

vermählte Ehefrau in sein Haus, und in Wirklichkeit wie
mit den Augen des Argus wachte sie darüber, daß sich
die Mondnacht von Wollin nicht auf Rügen zum andern=
mal wiederholen könne. Ihr Kind trug als Erbteil das
Blut Claus Störtebekers und Waldemar Atterdags in
sich, sie wußte, von einem ungestümen Wellenschlag sei's,
und selbst haltlos auf wilder See des Lebens umgeworfen,
wollte sie die Tochter in ruhigem Hafenschutz bergen. Eine
Beihilfe konnte sie dazu leisten, und die Nacht hörte am
Hertha=See Ratschlagung, an der auch der Magister Wig=
bold sich beteiligte, hin und her gehen, wie vielleicht an=
deres sich an die Stelle des mißlungenen Versuchs setzen
lasse. Denn Jörg entstammte nicht minder dem Blut
derer von der Lippe, als Herr Nikolaus, und wenn er
nicht als Junge vor dem Alten dastand, kam seine Willens=
beharrlichkeit der des Altburgemeisters ebenbürtig gleich.
Viel an Zuversicht zwar gab ihm nicht Geleit, als er im
Morgengrau von seiner Auserkorenen Abschied nahm und
enttäuscht seine Snigge vom Geklipp der Stubbenkammer
wieder in die See auslaufen ließ. Mit einer königlichen
Ladung hatte er sie nach Stralsund zu bringen gedacht;
nun stand er vorderhand von zweckloser Rückkehr dorthin
ab, schlug entgegengesetzte Richtung gen Osten ein und
landete um einige Tage später, vom Magister Wigbold
begleitet, an der Ladebrücke von Danzig.

* * *

Hin und her schwankend nahm der nordische Krieg
zu Land und zu Wasser Fortgang. Den holsteinischen
Grafen gelang's, erfolgreich gegen die Übermacht des Königs
Widerstand zu leisten, der Hanse dagegen fiel nur wenig

an Ruhm und Gewinn zu. Wohl rüstete sie eine an
Zahl gewaltigere Flotte, denn je zuvor, über drittehalb
Hundert große und kleine Schiffe mit zwölftausend Ge-
waffneten, die in die Meerenge zwischen Seeland und
Schweden, von den Skandinaven ‚Eyrarsund‘, von den
Deutschen ‚Noresund‘ benannt, einliefen, um die dänische
Schiffsmacht zu vernichten und Kopenhagen zu erobern.
Doch der Sund, der schon mehr als eine schwere hansische
Niederlage gesehen, nahm auch diesmal wieder einen kläg-
lichen Mißerfolg gewahr. König Erich hielt das Fahr-
wasser mit starken Bollwerken versperrt, hinter denen seine
Flotte sich in Sicherung barg; vergeblich strengten die
Hansen sich an, in das ‚Ravenhol‘, den Ravelin, einzu-
brechen, suchten umsonst, aus zu weiter Entfernung mit
ihren auf Flöße gesetzten zahlreichen Bombarden die feindlichen Fahrzeuge zu zerstören. Nach mancher Woche kehrten
sie im Frühlingsanfang unverrichteter Sache an die
deutsche Küste zurück, zertrennten sich, und jeder Geschwader-
teil segelte seiner Heimatstadt zu. Der Mangel einheit-
licher Leitung, eines straff zusammenfassenden, gebietenden
Oberbefehls machte sich, wie schon gar manchmal, geltend;
geheime Unterströmungen in dem großen Städtebund traten
schädigend hinzu. Während des ganzen Krieges bereits
hatte die Beteiligung Lübecks, des Oberhauptes, sich als
eine schwächliche gezeigt, es stand im Verdacht, mehr zu
hemmen als zu fördern, im Holstenland kam die Rede auf,
die von Lübeck führten statt des Schwertes einen Badequast.
Ob der Grund dafür in dänischem Gold oder Sonder-
zusagen des Königs zu suchen war, mochte dieser allein
wissen, aber unverkennbar kam er seinem Ziel, das Angedenken Waldemars an der budeschen Hanse zu rächen,
seinen eigenen Haß an ihr zu befriedigen, näher. Trium-

phierend faß Erich von Pommern auf der Schloßburg
seiner neu zur königlichen Residenz erwählten Stadt
Kjöbenhavn, die allmählich aus einem Fischerdorf zum
‚Kaufmannshafen‘, dem Hauptort des dänischen Reiches
emporgewachsen war. Hier verbrachte er seine Zeit unter
dem eifrigen Entwurf von Plänen, dem Empfang ge=
heimer Botschaften und dem kaum oberflächlich bemäntelten
schöner Frauen, an deren abendlichen Besuchen im Schloß
seine Gemahlin nicht Anteil nahm. Doch er übte eine
bezwingende Gewalt auf weibliche Sinne, der sich auch
Philippa von England, trotzdem sie keinen Zutritt zu jenen
Empfängen erhielt, nicht entziehen konnte. Die ihr zu=
gefügte Schmach außer acht lassend, sann sie beständig nach
Mitteln zur Gewinnung der Gunst ihres hohen Gemahls
einher, die sie freilich durch ihre eigene Naturmitgift an
Schönheit und einnehmendem Behaben so wenig wie durch
königliche Schmückung ihrer schlanken Gestalt bei dem
neuerungssüchtigen Nachkommen Waldemars Atterdag zu
erringen vermochte. Aber als Tochter des Königs von
England besaß sie noch eine andere Mitgift, reichhaltiges
englisches Gold, und wie Erich jetzt von einem längeren
Aufenthalt in Stockholm zurückkehrte, empfing Philippa
ihn mit einer eigentümlichen, für ihre Nebenbuhlerinnen
nicht herstellbaren Überraschung. Denn während seiner
Abwesenheit hatte sie eine mächtige, mit zwölfhundert
Kriegsleuten besetzte Flotte ausgerüstet und die Zahl der
Schiffe genau nach derjenigen, den siebenundsiebzig, be=
messen, mit denen die Hanse einstmals seinen Urältervater
überzogen und zu Boden gestürzt hatte. Mit welchem
Dank er ihr diese bedeutungsvoll sinnige Gabe gelohnt
habe, entzog sich der Mitteilung durch Augenzeugen, doch
sein ungewohntes Verhalten gegen sie wenigstens in den

6*

nächſtfolgenden Tagen bewies zweifellos, daß ſie diesmal
auf ein wirkſames Mittel geraten und einem in ihm
brennenden Verlangen entgegengekommen ſei.

An den mannigfachen Wechſelfällen des nun bereits
zwei Jahre andauernden Krieges nahm Jörg von der
Lippe keinerlei Anteil, betrieb ſcheinbar in gleichmütiger
und gleichgültiger Weiſe nur den Seehandel ſeines Vaters
als Schiffsführer weiter. Ihn drängte nicht Ehrgeiz, ſich
in Kämpfen hervorzutun, die ihm keine Ausſicht boten, den
an der Küſte von Jasmund mißratenen nächtlichen An=
ſchlag beſſer zum Gelingen zu bringen, und auch nach dem
Kreidehaus unter der Stubbenkammer ſpannte er nicht
mehr bei heimlicher Nachtfahrt die Segel. Doch in ihm
ſah's anders aus, als ſich's in ſeinem Tun und ruhigen
Geſichtsausdruck kundgab. Er hatte vordem nicht nur über
den Glauben ſeiner Mannſchaft an Seeweiber gelacht,
auch die Macht verſpottet, die ein menſchliches Weſen des
andern Geſchlechts über einen Mann gewinnen könne; nur
Schwächlinge vermöge ein Weib mit Liebestorheit zu be=
rücken. Aber wie ſeine ſichere Vernunft in der Mond=
nacht am Hertha=See doch eine Weile lang zum Schwanken
gekommen, war in noch ſtärkerem Maß ſeine andere Selbſt=
zuverſicht zu vollſtändigem Zuſammenbruch geraten. Ob
ihm der Sinn durch Zauberkünſte oder vom Klopfen des
Bluts in ſeinem eigenen Innern behext worden, er ſah
nichts mehr vor Augen, als das Antlitz Geſas, der jungen,
hörte nur noch den Klang ihrer Stimme im Ohr, ſie war
das Denken ſeines Tages und das Traumbild ſeiner Nächte.
Bertram Wigbolds Schilderung von ihr auf Nykjöbing=
ſchloß war zutreffend geweſen, etwas Wundervolles, dem
nichts anderes gleichkam, hatte die Vereinigung ihrer Ab=
kunft vom Blut der ſchönen Ingeborg und dem Claus

Störtebekers vollbracht; sie regte den Eindruck, als ob
Sonne und Mond an ihr geschaffen habe, das glanz=
perlende Meer und der geheimnisvolle Laubwald um den
dunklen Hertha=See. Und ob sie fraglos nichts von der
mythischen Germanengöttin an diesem an sich trug, von
der Tacitus berichtete, hatte der römische Geschichtschreiber
sie doch in Einem für Jörg von der Lippe richtig ge=
kennzeichnet: Wer sie mit Augen erblicke, sei dem Tode
verfallen, dem Hinsterben an verzehrender Sehnsucht, wenn
ihm nicht gelinge, sie als die Seinige in sein Haus zu
führen. Daß sie dies nur als anvermählte Ehefrau be=
trete, hielt aber ihre Mutter untrügbare Wacht, und Herrn
Nikolaus' Augen waren wider weiblichen Zauber mit
Diamanthärte gepanzert; ihm galt die Schönheit so wenig
als die königliche Abstammung, für den Burgemeistersohn
bedünkten beide ihn gewichtlos gegen eine Tochter aus
stralsundischem Patriziergeschlecht. Das wußte der Junge
genau, daran war nicht zu rütteln; nur der gebundene
skandinavische König hätte ihm als Brautwerber bei dem
Alten dienen gekonnt, oder etwas Ungeheures mußte vom
Himmel fallen, dessen Starrsinn zu übermeistern. Etwas
Derartiges von oben herunterzureißen, war aber Jörg trotz
seinen zwei kräftigen Armen und dem festen Willen außer
stande, vermochte nichts weiter zu tun, als den Winter
hindurch auf der Danziger Helling einen Schiffsbau zu
betreiben, nicht vom Gelde seines Vaters, sondern aus
dem Erlös für die in der Kreide der Stubbenkammer ver=
borgene Hinterlassenschaft Claus Störtebekers. Die sah
Gesa, die Mutter, als einen Brautschatz ihrer Tochter an,
für diese aufgespart, daß sie, nicht mit leerer Hand kom=
mend, ihn einem Freier zubringe, und die nächtliche Rat=
schlagung am Hertha=See war zum Schluß gelangt, das

Vorhaben des jungen Schiffers damit zu ermöglichen.
Sonderliche Zuversicht trug zwar die Hoffnung, die er
auf seinen Roggenbau setzte, nicht in sich; im Osten gab's
ein Spruchwort: „Wer kann gegen Gott und Groß-Now-
gorod?" und wider dies letztere hätt' er's, wäre damit zu
helfen gewesen, mutig auf einen Versuch ankommen lassen.
Doch in seinem Innern klang das Wort in einer andern
Fassung: „Wer kann gegen den Alten?" wenn er den
Augen, der vorgeschobenen Unterlippe und der Stimme
desselben gegenüberstand. Bei der Vorstellung kroch aller
Willenstrotz des Jungen zu Kreuz, war kein Wolf oder
Bär, sondern duckte sich scheu wie ein Hase beim Rüden-
gebell mit niedergebogenen Ohren in eine Bodenrille zusammen. Und so wußte Jörg von der Lippe keinen Rat,
als sich, so viel sich's machen ließ, vor den gefürchteten
Augen des Altburgemeisters geborgen zu halten und heimlich seine Veranstaltung auf der Helling von Danzig weiter
zu betreiben.

Der Magister Bertram Wigbold war nach Stralsund zurückgekehrt, wo er, ohne guten Geschmack daran zu
finden, an der Erinnerungskost zehrte, daß Erich von
Pommern ihn an verhohlener Klugheit überboten hatte.
Auf ein Haar wär's ihm obendrein dabei oben am Mast
um den Hals gegangen; das beschwerte ihn indes in der
Vorstellung nur wenig, es hätte ihm zu Recht drauf gestanden, und wenn er auch kein Seeräuber geworden, wie
sein Bruder, trieb sich dessen furchtlos verwegenes Blut
doch auch in seinen Adern um. Wahrheit aber war ihm
auf Nykjöbingschloß vom Mund gekommen, daß er bei seiner
Bemühung um Claus Störtebekers Enkelkind Hoffnung
auf einen kleinen Lohn auch für sich setze, freilich nicht
aus der Hand König Erichs, doch aus der Jörgs von der

Lippe. Denn er fristete in der Tat sein Dasein unter
kärglichsten Umständen, und das über ihn heraufgerückte
Alter ließ ihm etwas Verbesserung und Sicherung vor
dem schlimmsten Darben als recht wünschenswert erscheinen.
Dafür hatte der Fehlschlag am Jasmunder Strand zwar
die Aussicht verdorben, doch sein Kopf drüben auf Falster
etwas in sich aufgenommen und mit herübergebracht, das
er eigentümlich eingehakt drin bewahrte. Zwei Gesichter
aus der Bankettrunde im Schloß waren's, die der zwei
Junker Hanns Moltke und Henning Manteuffel, besonders
das des letzteren mit dem an der rechten Schläfe wunderlich über's Ohr niedergekrausten Haar, und ihm hielt sich
daran geknüpft, in dem Aufenthalt der beiden am Hoflager des Königs habe etwas Verborgenes, der deutschen
Hanse Geltendes gesteckt. Was dies sein möge, wußte
der Magister sich allerdings nicht zu sagen, doch trug er
ein Gefühl in sich, er werde ihnen noch einmal wieder
begegnen, und im Gang des Winters zeigte sich, daß diese
Mutmaßung ihn in der Tat nicht getäuscht hatte. Im
Dämmern eines mit dichtem Schneegestöber über Stralsund einfallenden Märzabends führte der Zufall ihm nahe
einen Mann vorüber, dessen Äußeres durchaus keine Ähn-
lichkeit mit einem jener beiden darbot, die lange Bärte
und im Gesicht frech funkelnde Augen getragen hatten.
Dieser war glatt geschoren, dabei lag ein halb blöder Ausdruck in seinem Blick, ein sich kümmerlich nährender kleiner
Gewerbtreiber schien's zu sein. Nur sein ungewöhnlich,
als halte es etwas verborgen, tief über die rechte Schläfe
niederhängendes Kopfhaar ließ Wigbolds Augen stutzen,
so daß er unvermerkt dem in der engen Wassergasse in
die Metschankstube zum Kannenhals Eintretenden nach-
folgte. Hier brachte er vom Wirt unauffällig in Erfah-

rung, ein ‚Paternostermacher‘, ein Bernsteinsucher und
=dreher sei’s, der schon seit dem Winterbeginn in der
Stadt dem Absatz seiner Waren nachgehe, Karsten Jesup
heiße und abends gemeiniglich zu einem Trunk in der
Schenke vorkehre. Das nutzte der Magister zu weiterer
klug angestellter Beobachtung, aus der sich ihm bald als
zweifellos ergab, er habe in dem Karsten Jesup den Junker
Henning Manteuffel wieder angetroffen, und dieser trage
sein Haar so absonders, weil ihm an der Seite das Ohr
fehle, das ihm mutmaßlich einmal irgendwo am ‚Kaak‘,
dem Schandpranger, vom Büttel abgeschnitten worden sei.

Als Bertram Wigbold diese Erkenntnis aufgegangen,
entwickelte er eine außerordentliche Befähigung zum Kund=
schaftern, heftete sich, ebenfalls seine äußere Erscheinung
zur Unerkennbarkeit verändernd, an die Fersen des ver=
dächtigen Gastes und Landsmanns Erichs von Pommern
und entdeckte, daß jener seinen Bernsteinhandel nach Ein=
bruch der Dunkelheit bei den wenigen, in der vom päpst=
lichen Bannfluch betroffenen Stadt noch verbliebenen
Pfaffen betrieb. Nicht minder jedoch in den Häusern der
Ratsherren, die heimlich dem früheren Regiment und dem
aus Stralsund vertriebenen kirchlichen Oberhaupt Kurt
von Bonow anhingen, und daneben besuchte der Pater=
nostermacher allnächtlich die Gildestuben mehrerer Zünfte,
besonders die der Brauer, unter denen verhohlene Er=
bitterung über den Krieg herrschte, weil dieser ihnen die
höchst einträgliche Bierausfuhr nach den skandinavischen
Ländern aufgehoben. Durch eine Reihe von Wochen, bis
zum Frühlingsanfang, setzte der Magister behutsam und
schweigsam seine Ausspürung fort, aber dann im Mai=
beginn erbat er plötzlich einmal noch spät abends dring=
lich Vorlaß bei dem Altburgemeister Nikolaus von der

Lippe, und das ihm verstattete Gehör zog jählings über=
raschende Folge nach sich. Denn um kaum eine Stunde
nachher durchhellte vielfaches Fackelgelober die nachtdunklen
Straßen der Stadt, Hunderte von schwer gewaffneten
Bürgern drangen da und dort in die Gildestuben ein, er=
brachen die verschlossenen Türen vieler, auch mancher vor=
nehmer Häuser und nahmen über hundert Ratsherren,
Pfaffen und Zunfthäupter aus ihren Betten in Verhaft,
um sie sonder Rücksicht auf Stand und Namen ohne Kleid
und Schuh in den ‚Turm‘ zu werfen. Befunde stellten
klar heraus, daß für die nächstfolgende Nacht ein Auf=
ruhr geplant worden, bei welchem dem draußen mit seinem
mecklenburgischen Rittergefolge harrenden Kurt von Bonow
die Tore geöffnet und das Stadtregiment niedergemacht
werden sollte. Doch durch die noch rechtzeitige Auskun=
dung Bertram Wigbolds und die blißschnelle Entschlossen=
heit des Herrn Nikolaus war dies Vorhaben zum Gegen=
teil, dem Verderben der Aufrührer ausgeschlagen; nun
suchte, wer von diesen noch zeitig erwachte, über die Stadt=
mauer davon zu kommen, aber nur wenigen gelang's, oder
die ins Freie hinaus Geflüchteten ertranken draußen in
den großen, überall Stralsund umgürtenden Teichwassern.
Einer derer, die sich zu retten vermochten, war der See=
räuber Henning Manteuffel; er schwamm wie eine Ratte
und entkam, bloß und nackt, ans andre Ufer, um seinem
Genossen Hanns Moltke im Lager der Mecklenburger die
unwillkommene Botschaft zu bringen, daß der Anschlag
König Erichs gegen die Pfefferkrämer mißraten und sein
reichlich ausgestreutes Gold nutzlos vergeudet worden sei.
Der Magister Wigbold hatte sich an ihm eine Genug=
tuung für das auf Rügen verlorene Spiel verschafft und
diesmal sich selbst einen wohlverdient nicht karg bemessenen,

für seinen Lebensrest voll ausreichenden Lohn eingescheuert.
Anderer Lohn ward dagegen schon am nächsten Tag einem
halben Dutzend der Hauptverschwörer zu teil, denen
die breite Schwertklinge des ‚Meisters Hans‘ hurtig die
Köpfe vom Rumpf abtrennte. Nikolaus von der Lippe
hielt ein langwieriges Rechtsverfahren durchaus überflüssig,
erachtete vielmehr eine derartige schleunige Vollstreckung
als äußerst förderlich, sowohl für das allgemeine Beste,
wie auch für eine nützliche Einwirkung auf eine mehr
oder minder große Anzahl von Köpfen, die noch in der
Stille ähnlichen Umsturzgedanken nachhängen mochten, und
er machte sich nichts draus, daß bei der Hinrichtung der
Boden des Alten Markts sich vor seinem Hause einmal
wieder sehr lebhaft rot färbte. Sein Gemüt litt so wenig
an empfindsamer Schwäche, wie das seiner Zeit überhaupt,
der die von überwältigten Gegnern herrührende Blutfarbe
nur eine erfreuliche Augenweide bereitete.

Das hatte sich am dritten Maitage zugetragen und
infolge davon Stralsunds Bevölkerung sich erst spät über
Mitternacht hinaus zur Ruhe gelegt. Doch in der Erwartung
eines jetzt friedfertigen und ausgiebigen Schlafs sah sie
sich übel enttäuscht, ward vielmehr bereits nach kurzen
Stunden im ersten Morgengrau durch ein dumpf=ver=
worrenes Getöse, dann lautes Alarmgeschrei, Hörnerrufe
und das Krachen von Donnerbüchsen wieder aufgeschreckt.
Von der Hafenmauer her scholl das wilde Gelärm, und
als die hastig mit Waffen hinzustürzenden Bürger dorthin
gelangten, trafen sie noch gerade rechtzeitig ein, um der
kleinen Schar von Mauerwächtern Hilfe zu leisten, einen
auf Leitern anstürmenden dichten Feindesschwarm von den
obersten Sprossen in die Tiefe zurückzuwerfen. An der
großen Ladebrücke entlang aber drängte sich Mast an Mast,

Kastell an Kastell der siebenundsiebzig Schiffe, mit denen
das Liebesverlangen der Königin Philippa um die Gunst
ihres Gemahls geworben hatte; bei Nacht und Nebel war
die Flotte unbemerkt durch den Gellen herangekommen, um
endlich den Lieblingswunsch Erichs von Pommern aus
Knabenzeit her zur Ausführung zu bringen. Heute trug
er die sichere Zuversicht in sich, Stralsund zu einem Kohlenhaufen zu machen, aber er hatte mit dem für die Nacht
festgesetzten Aufstand in der Stadt, dem gleichzeitigen Angriff Kurt von Bonows von der Landseite her gerechnet
und von dem in letzter Stunde hereingebrochenen Mißgeschick der Anstiftung Henning Manteuffels auf der See
keine Kunde erhalten. So drohte die Gefahr der Über-
rumpelung nur während der kurzen Zwischenzeit, bis die
mannhaften Stadtbürger zahlreich genug zur Abwehr her-
beigeeilt waren; dann blieb bald außer Zweifel, daß die
Angreifer trotz ihrer großen Überzahl gegen die gewaltige
Mauerstärke nichts auszurichten vermöchten. Zwar schleuderten von den Schiffskastellen die Bliden und Mangen
einen Hagel von schweren Steinen, Fässern mit Brenn-
stoffen und Tonnen mit dänischem Stinkpulver herüber,
daß die Verteidiger sich die Nasen mit Tüchern verbinden
mußten, doch im Erfolg ähnelte aller Kraftaufwand nur
dem Kinderspiel, das Erich von Pommern einstmals am
Strand bei Rügenwalde gegen die von ihm aus Tang
aufgebaute Stadt Stralsund betrieben hatte. Barhaupt,
vom wehenden weißen Haar umflattert, befeuerte der Altburgemeister mit Donnerstimme seine Leute, und den
dänischen Wappnern blieb nichts, als von dem aussichts-
losen Ansturm ablassend, in ohnmächtiger Wut alles, was
ihre Hände an der Ladebrücke erreichen konnten, zu zer-
hauen und zerstückeln, das Sankt Jürgen-Kloster und die

ſonſtigen Bauwerke draußen vor der Mauer auszuplün=
dern und in Brand zu ſetzen. Dazu ſchrieen ſie den
Bürgern ein ſchon uraltes Schimpfwort ins Geſicht hin=
auf: „Tydſke Garper!" nicht grade ſinnvoll und zutreffend,
denn das zweite Wort bedeutete ‚Läuſe', und mit ſolchen
war das däniſche Volk von jeher ausnehmend viel reich=
licher begabt als das deutſche. So tobten die Abge=
wieſenen in machtloſem Grimm, wie einſt die griechiſchen
Helden um die Mauern Trojas, mit herausforderndem
Maulwerk und Hohngeſchrei bis gegen Mittag umher,
dann ging ihnen allmählich die Zwecloſigkeit ihres Trei=
bens auf, daß ſie eigentlich ſich ſelbſt verſpotteten, ſie
ſetzten Segel bei und verſchwanden, da der Wind ſie nicht
in den Gellen zurückließ, bald durch den Strela=Sund
nach Süden. Ein ungeheures Gelärme im Grund um
nichts war's geweſen; die rauchenden Trümmer am Hafen
entlang bezeugten wohl die Tatſächlichkeit des vergeblichen,
wie ein Nachtſpuk abgeſunkenen Überfalls, indes der zuge=
fügte Schaden hatte für die reiche Stadt Stralſund frag=
los nur geringe Bedeutung. Doch Nikolaus von der
Lippe ſtand noch auf der hohen Mauer, ſtarrte mit weit=
aufgeriſſenen Augen hinter den davonziehenden Segeln
drein und ballte ihnen eine Fauſt nach. An ſeine Seite
war durch Zufall der Magiſter Wigbold geraten, dem vom
Mund kam: „Die ſind gut nach Haus geſchickt und können
ſich am Noreſund die Köpfe bepflaſtern laſſen." Ab=
brechend aber ſetzte er verwundert hinzu: „Was habet Ihr,
Herr Burgemeiſter?"

Deſſen breitmächtiges, ſonſt jederzeit eine wie ſteinerne
Unbeweglichkeit wahrendes Geſicht zeigte einen fremd=
abſonderlichen Ausdruck, und wunderlich laut mit ſich ſelbſt
redend, ſtieß er jetzt über die vorgeſchobene Unterlippe:

„Halt sie! Wer hält sie fest? Sie haben mich einen
Lausekerl genannt — mit Eisen will ich ihnen das Maul
zustopfen! Schick' mir den Teufel aus der Hölle her dazu
und er soll dafür verlangen, was er will —"

Augenscheinlich hatte bei den wilden Vorgängen der
beiden letzten Nächte und Tage die eiserne Kraft im Kopf
des Herrn Nikolaus doch nicht standgehalten. Leiblich
stand er hoch aufrecht da, aber sein Gehirn war von Er=
schöpfung überwältigt, und sein Mund sprach wirre Dinge
vor sich hinaus.

*   *   *

Ein glanzvoller Maitag war's, kühl nach seiner nord=
deutschen Art, unter wolkenlosem Himmel blies kräftig der
Nordwind, der die Dänenflotte durch den Gellen herein=
gebracht hatte, für Schifferaugen indes lag etwas in der
Luft, als habe er vor, nach Osten umzuspringen. Nun
war der Burgemeister mit den Ratsherren und vielköpfigem
andern Geleit zur Ladebrücke hinuntergestiegen, dort den
Schaden zu besichtigen, doch nur mit einem schweifend
flackernden Blick gingen seine Augen über die Verwüstung
hin; ungefähr seit einer Stunde mochte die Sonne ihren
Mittagsstand durchschritten haben. Da fuhr plötzlich von
einem Mund der Ruf: „Nu smiet de Düvel sin Grot=
moder vun de Trepp dal! Heßt se dat med de swatte
Kunst un kamt so günt wedder t'rügg?"

So sah's aus, jeder Blick ging in die Richtung, weiß
im Lichtglanz blitzend, flog vom Gellen her wie ein
Schwarm von Riesenmöwen eine Anzahl mächtig gebauschter
Segel gegen die Brücke zu. Schnell drauf aber rief eine
andre Stimme: „Nee, dat sünd Hansen, de vörste hett
de Danziger Flagg."

Und binnen kurzem litt's nicht mehr Zweifel, sechs
hansische Handelskoggen von der größten Art waren's, die
sich draußen auf der See angetroffen und, wie's Brauch,
zusammengehalten, da alle nach Stralsund wollten. Sie
kamen aus Osten her, doch für die Fahrt durch den Strela-
Sund stand der Wind ihnen entgegen, so hatten sie den
Kurs nordwärts von Rügen genommen, liefen jetzt unter
vollsten Segeln fluggeschwind aus dem Gellen hervor,
ohne eine Ahnung, was sich seit dem Morgenbeginn vor
der Stadt zugetragen. Als vorderste schnitt die Kogge
mit der Danziger Flagge durch's Wasserblau; sie zeigte
am Bug unterm Vorderkastell kein Erzengel= oder Heiligen-
bildnis, sondern das Brustbild eines jungen Weibes, eine
Seejungfrau schien's darzustellen. Mit lebensvollem Antlitz-
ausdruck war es sichtlich von der Hand eines guten Künst-
lers aus verschiedenen Holzarten angefertigt, das lang auf
die Schultern niederfließende Haar aus morgenländischem
Ebenholz, während das des Gesichtes eine Farbe wie
Elfenbein darbot; die Augen unter den dunklen Brauen
warfen einen sternartig silbernen Glanz, über dem Scheitel
sah von einem Halbrundbogen mit weithin erkennbaren
weißen Buchstaben der Name ‚Gesa‘ herab. Ungewohnt
und auffällig waren Bildnis und Name, doch die an der
Ladebrücke angesammelten Stralsunder hatten gegenwärtig
keinen Blick noch Verwunderung dafür übrig; eher weitete
es ihnen etwas die Lider auseinander, daß auf dem Vorderkastell des stadtfremden, augenscheinlich nagelneu gebauten
Schiffes der Sohn ihres Altburgemeisters stand und hart
neben ihm eine blutjunge Magd von unverkennbarer Ähn-
lichkeit mit dem geschnitzten Bild unterm Bugspriet. Nur
hatte ihr der scharfe Wind, oder was sonst, Stirn und
Wangen mit frischblühendem Rot gefärbt, ein langes

seeblaues Gewand aus kostbarstem Brüggener Samt
umsloß wie weiches Wellenspiel die hochschlanke Gestalt
drunter, und über ihrer Brust leuchtete, dem Krönungs=
schmuck einer Königin gleich, ein goldenes, funkelnde Ge=
steine umfassendes Halsgeschmeide.

Das nahm auch, vornan stehend, Nikolaus von der
Lippe gewahr, doch nur mit dem abwesend halbirren Blick,
der seit ein paar Stunden in seine Augen gefahren. Jörg
dagegen fiel das Blut aus dem Gesicht; so schnell, hier
beim Anlanden schon, hatte er nicht vor seinem Vater
dazustehen erwartet; mühsam nach Luft schöpfend, stieg er
vom Kastell zur Ladebrücke herunter. Ihn überschwoll's
jählings mit der Vollerkenntnis, daß seine Veranstaltung
und seine draufgestellte Hoffnung nichts als eitel Blend=
werk sei, mit dem er sich selbst die Sinne betrogen; ohne
daß ihm die seltsame Anhäufung der erregten Bürger=
gesichter am Hafenrand zum Bewußtwerden kam, trat er,
kaum ein Schlottern seiner Knie beherrschend, auf den
Alten zu und stotterte, den breitkrämpigen Südwester vom
Kopf abziehend, scheu niedergeschlagenen Blicks hervor:
„Nehmt's nicht mit Unwillen an, Herr Vater — ich habe
die Kogge in Danzig bauen lassen — sie gehört meiner
— der Name dran ist der von meiner — sie steht dort
oben — wenn Ihr einen Blick nach ihr richten mögt —
für die ich Eure Zustimmung erbitten wollte, Herr Vater
— daß ich sie mir zur Braut erwähle.“

Erst nach zwei vergeblichen, schreckhaft abgebrochenen
Anläufen hatte der Sprecher das gescheute Wort über die
Lippen gestammelt, und zu Tode bestürzt, unfähig, weiteres
beizufügen, wich er einen Schritt zurück, stand wie glieder=
gelähmt. Denn nun schoß ihm aus den Augen des Alten
der gefürchtete Blitz entgegen, und Herr Nikolaus stieß

dazu aus: „Du? Wer biſt du? Heißt du Jörg von der
Lippe? Sieh' mich an! Hab' ich Läuſe im Bart? Das
läßt du mir ins Geſicht werfen? Biſt du mein Sohn
oder biſt du der Teufel, den ich gerufen? Heißt du Jörg
von der Lippe, da zeig's und hol ſie mir! Bringſt du
ſie her, da wähl' dir des Teufels Tochter zur Braut, wen
du willſt! Da hinunter ſind ſie!"

Er reckte den Arm ſüdwärts nach dem Strela=Sund.
Der Junge begriff's nicht, ſah wortlos verdutzt in die
irrſlackernden Augen des Alten. Einiger Zeit bedurft'
es, eh' ihm auf ſein Fragen aus den durcheinander reden=
den Antworten der Umhergedrängten zu deutlichem Ver=
ſtändnis geriet, was hier erſt eben geſchehen ſei; abſonderlich
nahm ſich's aus, als wachſe dabei die bisher haltlos vor=
gebückte Geſtalt des jungen Schiffers Zoll um Zoll auf=
wärts. Seine Bruſt weitete ſich zu befreitem Atemzug,
ſeine Schultern dehnten ſich breit; in die Augen kam's
ihm, als ſchnaube eine weiße Brechſee vor ihnen auf und
ſeine Fauſt packe nach dem Ruder, reiße es herum, um
Kopf und Kragen mitten durch ſie hindurch. Nun ſpannte
er die Nüſtern und witterte in die Luft; zwiſchen ſeinen
Zähnen flog's hervor: „Der Nord greift um — ſie kommen
nicht hinaus —"

Da ſtand er, voll verwandelt vom Kopf bis zum
Fuß, hoch aufrecht, und ebenſo klang jetzt auch ſeine Stimme
auf, furchtlos, feſt, wie aus einer Stahlkehle: „Herr Vater,
iſt's Euer Wort?"

„Was Wort? Was Wort?" wiederholte der kopf=
wirre Alte.

„Wenn ich Euch den Schimpf wett mache — daß
ich Euch als Tochter die Braut ins Haus führen darf,
die ich will?"

Wie zwei Wellen, die vom Wirbelsturm gepeitscht, sich mit den Schaummähnen wider einander aufbäumen, standen die beiden sich gegenüber. Auch Herrn Nikolaus' Nüstern schnoben, er stieß heraus: „Prahlhans! Schlägst du mit der Zunge drein? Einer von der Lippe zeigt's mit der Faust!"

„Hier, Vater! Handschlag auf Euer Wort!"

Der Junge streckte ihm die sehnige Hand entgegen, und um einen Augenblick später überhallte es, sonderbar täuschend, die Ladebrücke. Die Donnerstimme des Alt= burgemeisters war's, aber sie kam nicht aus seinem Mund, sondern aus dem Jörgs von der Lippe: „Wer steht mit mir? Mein Schiff holt die Dänen, oder mich sieht keiner mehr! Dudesche Hanse! Seid ihr Lübecker in Stralsund und klopft mit dem Badequast? Da wartet unsre Flotte! Drauf! Macht sie flott!"

Ein ungeheures Stimmengetöse aus tausend Kehlen brauste gegen seinen Ruf zurück, wälzte sich weiter, in die Stadt hinein, durch alle Gassen: „Auf die Dänen!" Er hatte das Wort ausgestoßen, und es zündete wie ein Blitzfunken in einem Strohdach; die von den letzten Tagen wilderregten Gemüter der Bürger schlugen zu feuerlobern= der Flamme empor. Ringsum tobte es gleich donnernder Brandung: „Aufs Deck! Alle Mann! Schützen heraus! Bombarden! Kraut!" ein Ameisengewimmel, rennend und schleppend, ergoß sich aus den Hafentoren. Die Hanse= städte waren daran gewöhnt, in dringlichen Fällen Kauf= fahrzeuge zu Kriegsschiffen umzuwandeln, doch mit so un= glaublicher Geschwindigkeit hatte dies noch keine ins Werk gesetzt. Kaum drei Stunden vergingen nach dem Einlauf der sechs Koggen, da spannten diese, als Orlogschiffe ge= rüstet, wieder die Segel. Hundert gewaffnete Bürger

drängten ſich auf jedem zuſammen, von den Kaſtellen
reckten ſich die Rohrſchlünde der Feldſchlangen und Bom=
barden vor, dicht ſtanden die Topkaſtelle am Mars mit
Knallbüchſen= und Hakenſchützen, von Armbruſtern unter=
mengt, gefüllt. Keinem kam die mehr als zehnfache Über=
zahl der Dänenſchiffe in den Sinn, die außerdem ſtunden-
langen Vorſprung durch den Strela=Sund hatten, doch
verſtärkten die Anzeichen ſich, daß draußen vor ſeinem
Ausgang der Wind ungünſtig für ſie umlaufe. Die Stral=
ſunder aber hielt's wie mit einem Rauſch gepackt, faſt
jeder von ihnen nahm mehr oder minder an der Kopf-
betäubung teil, die ihren Altburgemeiſter zum erſtenmal
in ſeinem Leben überfallen. Nur Jörg von der Lippe
zwang ſeine Trunkenheit ins Herz zurück, hielt den Kopf
wanklos feſt und klar, die Augen ſcharf wie die eines
Sturmvogels. So ſtand er als Führer ſeiner Kogge auf
dem Vorderkaſtell der voranziehenden ‚Geſa‘ und neben
ihm das lebende junge Menſchenbild, deſſen Antlitz der
Schiffsſchmuck am Bug nachahmte. Er hatte ſie am Land
zurücklaſſen wollen, doch hatte ſie ſich mit unbeirrbarer
Willenskraft dagegen geweigert. Seeräuberblut war in
ihr, das keine Furcht kannte; um ſie für ſich zu erringen,
zog er in den Kampf, und beim Sieg oder Untergang
wollte ſie nicht von ſeiner Seite. Einer Silbermöwe, die
auch Blaumantel benannt ward, ähnelnd, ſtand ſie neben
ihm; wie das weiße Bruſtgefieder derſelben ſtrahlte ihr
Angeſicht Glanz aus, und gleich blauen Flügelſchwingen
umſchlang ihren Leib das Gewand. Jetzt hafteten ſtaunend
und bewundernd manche Augen auf ihr, wie das Schiff
ſich vom Uſer löſte und ſie dicht an der Brücke entlang
forttrug, denn auch die Frauen und Mädchen der Stadt
waren auf die Mauer hinausgeſtrömt, den fahrtgerüſteten

Koggen nachzublicken, und eine von ihnen konnte sich den
Mund nicht verhalten, sondern rief laut aus: „Is dat
en Königin, obers kümmt se vun'n Herwen dal, de Hansen
to helpen?"

*   *   *

Da hatten die jähen Überraschungen der beiden letzten
Tage noch nicht ihr Ende genommen, noch eine neue ge-
sellte sich hinzu. Nur um ein weniges südwärts von
Stralsund lag im Sund die kleine Insel Strela, die ihm
den Namen gegeben, und wie die hansischen Koggen eben
auf diese zuzulaufen begonnen, umzog ihren Vorderrand
eine dichte Segelmenge. Die dänische Flotte war's, sie
kam zurück; als sie ans Ende des Strela-Sunds gelangt,
hatten der heftig nach Osten umgeschlagene Wind und
grobe See ihr wie mit Riegeln den Ausweg in den
Greifswalder Bobben versperrt, und sie war umgekehrt,
ihren Rücklauf wieder an der Stadt vorüber durch den
Gellen zu nehmen. Wie man im Morgengrau in Stralsund nichts von ihrem Herannahen bemerkt gehabt, so zog
sie jetzt ohne Ahnung von dem inzwischen Geschehenen in
langer Reihe achtlos daher, und fast urplötzlich, beinahe
unvorgesehen erst ward's ihrem vordersten Teil offenbar.
Eigen war der Vorgang in der Luft wie auf dem
Wasser, auch der Wind kämpfte wider den Wind. Vom
Gellen her kam noch der Nord und füllte die hansischen
Segel, doch gleicherweise tat's den dänischen schon der Ost.
So überflogen beide wie im Nu die zwischen ihnen klaffende
Lücke. Manche stattliche Schiffe hatte die Königin Philippa
ausgerüstet, und nur ein halbes Dutzend hansischer Koggen
lief gegen die siebenundsiebzig an. Aber Berichte von

7*

Augenzeugen sprechen, sie hätten neben den Fahrzeugen
der Feinde ausgesehen ‚wie Kirchen neben Kapellen‘.

Denn Augenzeugen waren zu Tausenden da, Kopf
an Kopf drängten sich auf der Stadtmauer Greise, Weiber
und Kinder. Solches Schauspiel, wie heute Stralsund,
hatten die Jahrhunderte noch nicht gewahrt. Im Hafen,
kaum auf eine Viertelmeile weit, entbrannte an der Insel
Strela vor den Zuschauern eine Seeschlacht. Doch kurz
nur blieb ihnen der deutliche Anblick, nach wenigen
Minuten lag alles von wogendem Pulverrauch umballt,
aus dem nur da und dort geisterhaft weiße Linnen her=
vortauchten und zurückschwanden. Und so auch schlugen
Flammen auf, loschen, von schwarzem Qualm über=
schnoben, aus.

Gradaus war die ‚Gesa‘ als erste auf das vorderste
Dänenschiff losgerannt, hatte dies, wie ein wütender Stier
seinen Gegner mit gesenkten Hörnern anfällt, mit dem
eisernen Schnabel niedergerannt, ohne daß es eine Gegen=
wehr zu leisten vermocht. Von ihren Kastellen krachten
die Feuergeschütze, vom Mars herunter die Haken und
Arkebusen zwischen die nächsten Feindesfahrzeuge hinein;
Enterhaken, fünfarmige Anker an leichten Ketten, flogen
nach ihnen aus, hielten sie gepackt, und die Stralsunder
stürzten über die Brüstungen, hieben und stießen die noch
wie betäubt dreinstarrenden Dänen nieder. Ehe deren
nachfolgende Schiffe begriffen, was vorn geschah, war fast
ein Dutzend an der Spitze zum Sinken gebracht, über=
mannt oder in Brand gesetzt. Dann erkannten sie nur
die eine ‚Gesa‘ als die Verderbenbringerin vor sich, drangen
mit kochendem Grimm auf sie ein. Doch nun brausten
die fünf anderen Koggen heran, fielen ihnen in die
Flanken; das Waffengeklirr und Donnern der Bombarden

noch überhallend, schrie's von allen Kastellen: „Dudesche
Hanse!" In dichtem Gedränge und Handgemenge ent=
stand unter den eng zusammengekeilten dänischen Schiffen
eine ungeheure Verwirrung; unfähig, die Zahl der Gegner
zu bemessen, von den Enterhaken gefaßt, von den hansi=
schen Koggen überragt, wie schwimmende Häuser von
Türmen, suchten sie sich zur Flucht zu drehen, verfingen
sich mit den vom Wind hinter ihnen dreingetriebenen.
Ihre Holzleiber krachten mit zerberstenden Planken, in das
hilflos verstrickte Riesenknäuel stießen ringsum wildjauchzend
die schonungslos erbitterten Hansen hinein, schleuderten
brennende Pechkränze auf die verflochtene Masse, die hurtig
wie zu einer einzigen Flamme emporloderte. „Dat weer'n
Mandel," schrie der Putzenmaker Putte Kock mit schorn=
steinfegerschwarzem Rauchgesicht, „nu lat us dat Schock
vullmaken! Da krupt noch to veel vun de Garpers up't
Water, sünst gifft dat Nisse." Wilde Späße waren's, die
da und dort aus einem Mund die blutige Abrechnung
des gemeinen Kaufmanns mit seinen nordischen Wider=
sachern begleiteten; auch manch einer unter den zu Kriegern
umgewandelten Stadtbürgern griff, von Spieß, Bolz und
Kugel tödlich getroffen, umschlagend noch einmal mit den
Händen in die Luft, taumelte, das Wasser drunten rot
färbend, über Bord. Aber für jeden von ihnen versanken
zehn Dänen in den Wellen oder deckten als Leichen die
Wracktrümmer ihrer vielfältig zerschellend auf die Sand=
bänke der Insel Strela geworfenen Schiffe. Bei dem
Ringkampf in der schmalen Meerenge war der anstürmende
hansische Nord dem dänischen Ost über und, noch ehe eine
Stunde verflossen, der Ausgang nicht mehr zweifelhaft.
Was sich von dem großen, zur Erstickung zusammen=
gepreßten skandinavischen Geschwader noch zu rühren ver=

mochte, ließ jede Hoffnung auf den Sieg fahren, trachtete
einzig noch nach Rettung aus dem Untergang.

In diesem unermeßlichen Getümmel war's Jörg von
der Lippe gelungen, sich mit der ‚Gesa' eine freie Bahn
zu brechen; als die Schlacht begonnen, hatte er für zwei
Augenblicke das Kastell verlassen, plötzlich blitzschnell und
wortlos die Arme um seine Braut geschlagen, sie wie
eine eingefangene Taube zur Kajüte hinuntergetragen und
dort in sicherndem Käfig verwahrt. Nun sah er, aus der
Einengung frei geworden, auf kurze Strecke weit das größte
der feindlichen Schiffe vor sich, eine Kogge, fast der seinigen
gleichkommend; an ihrem Hauptmast flatterte ein mächtiges
Flaggenbanner mit dem Wappen der drei skandinavischen
Reiche, und zwischen ihnen in der Mitte spreizte der
pommersche Greif seine Fänge. Augenscheinlich war's das
Admiralschiff der dänischen Flotte, und jetzt ward auf
dem Vorderkastell auch sein Befehlshaber erkennbar. In
goldblinkender Panzerrüstung stand er hochaufgerichtet, ein
nach rückwärts schwerbefederter Goldhelm deckte ihm den
Kopf, auch als Kleinod den Greif tragend. Jörg war in
der Mondnacht nicht bis ins Innere des Kreidehauses
am Jasmunder Strande gelangt, hatte den vom Magister
Wigbold dorthin geführten Gast nicht mit Augen wahr=
genommen, doch im Nu ward's ihm bei dem Anblick zur
Gewißheit, der drüben mußte König Erich selbst sein, und
mit weithallender Stimme schrie er diesem entgegen: „Hüt
heff ick di beter, Erich vun Pommern, un min Tweerns
töbt up din Arms!“ Mit der Linken zu Boden greifend,
hob er deutend einen dicken Ankerstrick in die Luft; sein
Befehlsruf ließ das Steuer grad' auf das Admiralschiff
zuhalten.

Viel Unwürdiges, besserem Menschsein Verächtliches

tag in der Brust König Erichs zusammengehäuft, aber
Feigheit war nicht in ihr. Ihm kam's nicht in den Sinn,
dem drohenden Anprall auszuweichen, von Dutzenden seiner
gepanzerten Ritter umgeben, ließ er tollkühn den Zusammen=
stoß aufnehmen. Der mußte auch die ‚Gesa‘ leck schlagen und
kampfunfähig machen; mit klugem Geschick vermied Jörg ihn
im letzten Augenblick, ließ seine Kogge leewärts an die Seite
der feindlichen gleiten. Trotzdem krachten und knatterten
die Wandungen beider bei dem Gegendruck, die Ketten der
bereitgehaltenen Enterhaken rasselten; ‚Dudesche Hanse!‘ und
‚Tydske Garper!‘ tobte Geschrei hinüber und herüber.

Da nahmen Jörg von der Lippe und Erich von
Pommern gleichzeitig etwas plötzlich Auftauchendes gewahr.
Bei dem hallenden Ruf des ersteren hatte Gesa, die junge,
sich nicht von ihrem Käfig halten lassen, war wieder her=
aufgeflogen, stand auf dem Kastell da, und wie festgebannt
blieb des Königs Blick auf der wundersamen Erscheinung
des jungen Weibes haften; in seinen Augen glimmerte
eine brennend aufglühende Begier. Doch ein dänischer
Schütze mochte sie für ein Seeweib ansehen, das mit
Wind machender Zauberkunst den Hansen zum Beistand
gekommen; er spannte seine Armbrust, und von der Sehne
schwirrte sein Eisenbolzen grad' gegen ihre Brust. Zu
Tod getroffen, hätte sie niederschlagen müssen, allein Jörg
hatte im letzten Augenblick die ihr drohende Gefahr auf=
gehascht und eben noch Zeit gehabt, deckend vor sie hin=
zustürzen. So traf ihn der Pfeil unter dem rechten
Schulterblatt und durchbohrte sein Lederkoller: er taumelte
von der Wucht des Anschlags, schwarz zog's ihm über die
Augen, und gelähmt fiel sein Arm schlaff herunter. Be=
stürzung überkam seine Leute um ihn, drüben brach ein
Freudengeheul aus den Wappnerkehlen.

Mit dem Mädchen zugleich aber war noch ein Weib
von drunten heraufgekommen, der Wind stob ihr lang=
dunkles, graugemengtes Haar um Schläfen und Schultern,
und eine schallende Lache aufschlagend, rief sie jetzt:
„Kommst du heut' mit deiner ganzen Flotte, mich in dein
Schloß heimzuführen, Erich von Pommern? Hier ist dein
Schiff ‚Gesa‘, das du bauen wolltest, mich zu holen, und
hier steht Gesa, deine Braut. Sie girrt nach ihrem
Tauber — deine Taube fliegt zu dir. Die Sonne geht
herunter, und die Mondnacht kommt. Fang' mich auf mit
deinen Armen!"

Die Gesa aus den Trümmern der Wikingburg über
Julin breitete ihre Arme wie zwei Flügel weit auseinander
und eilte der Brüstung des Kastells zu, als wolle sie über
diese nach dem Admiralschiff hinüberfliegen. Aus ihrem
Lachen, den Worten und dem Klang der Stimme war das
Sonderbare hervorgekommen, das Claus Störtebeker seiner
Tochter mit seinen vergrabenen Schätzen als Erbteil über=
macht; nicht Geistesschwäche, denn für ihr Kind war sie
mit kluger Vernunft bedacht, und was sie sprach, zeugte
auch nicht von Sinnverrückung. Doch etwas Irrtönendes
lag drin, wie vom Munde einer in halbem Traumzustand
Redenden; so als eine mondsüchtig auf der verlassenen
Düne Umgehende hatte Erich von Pommern einst das
blutjunge Ding in der Nacht angetroffen und, selbst auch
fast ein Knabe noch, lüstern mit listiger Betörung um=
strickt, daß sie ihm nicht Widerstand geleistet. Und so
war's bei seinem Anblick in dem Kreidehaus wieder über
sie geraten und geriet es jetzt in gleicher Art. Jahre um
Jahre hatte sie auf seine Rückkehr, die er ihr beim Fort=
gang zugeschworen, gewartet, bis jeder Blutstropfen in ihr
sich mit glühendem Haß gegen ihn angefüllt. Der schleu=

derte ihm ihr irrklingendes Lachen, die mit bitterem Spott
getränkten Worte ins Gesicht, und dennoch zitterte durch
den grimmigen Hohn noch etwas Wahres, seit jener Mond=
nacht mit unaustilgbarer Sehnsucht in ihrer Brust Zurück=
gebliebenes hervor. Totes und doch noch Fortlebendes
mischten sich in ihrem Hohnruf zusammen, das vor allem
gab ihm den seltsamen, geisterhaft wahnwitzigen Klang.

Denn so lange dieser erscholl, übte er auf alle Hörer
eine wunderhafte, wie festbannende Wirkung, daß mitten
in der Schlacht ein paar Augenblicke jede zum Kampf auf
Tod und Leben emporgereckte Hand ihre Waffe unbeweg=
lich anhielt. Erich von Pommern aber war schreckvoll
erblaßten Gesichts zurückgefahren; wie Jörg von der Lippe
nichts mit Furcht überwältigte, als die Augen seines
Vaters, so entfiel dem Herrn der drei nordischen Reiche
Blut und Mut vor der jähen Wiedererscheinung des ihn
mit Koseworten höhnenden und wie mit Ketten umschlingen=
den Weibes vom Jasmunder Strand. Ungezählte ihres
Geschlechts, in seinem Gedächtnis ausgelöscht, hatte er in
den Armen gehalten, aber sie war die erste seines Lebens
gewesen, und ob er auch nie etwas von einer Gewissens=
scheu gekannt, packte es ihn aus ihrem Anblick mit einer
knabenhaften Angst an. Als ein Mondnachtsgespenst reckte
sie sich heute am lichten Tag vor ihm auf, streckte die
Arme aus, sich seiner zu bemächtigen. An den Christen=
gott und dessen Erzengel glaubte er so wenig, als es
seine Ahnherren Swantibor und Waldemar Atterdag getan,
doch vor Dämonen und aus Gräbern rückkehrenden Geistern
schüttelte es ihm wie dem niedrigsten Schiffsknecht das
Blut, und als eine Rachefurie hatte der Höllenschlund die
Gesa von Wollin wider ihn ausgeschickt. Wahn durch=
kreiste seinen Kopf, sie fliege durch die Luft zu ihm her=

über, und sie kam auf dem Schiff, das er als Knabe bauen gewollt, um Seeräuber zu werden, der Name Gesa flammte dran über ihrem Bild. Nicht aus Holz und Leinwand, ein Geisterschiff war's, gegen das kein Wider- stand möglich fiel.

König Erich von Dänemark, Norwegen und Schweden schrie plötzlich, von Grausen übermannt auf: „Macht los! Der Teufel! Los!"

Ein Innehalten des Kampfes auf beiden Seiten war's gewesen, wohl kaum von der Dauer einer Viertelminute, denn auch auf der ‚Gesa' hatte Bestürzung über das Zurückschwanken des vom Geschoß getroffenen jungen Führers unwillkürlich dem Hinüberbringen seiner Mann- schaft nach dem Admiralschiff so lange Einhalt getan. In- des nur während drei oder vier schwerer Atemzüge hielt die Betäubung Jörg von der Lippe gefaßt, dann streckte er statt des rechten den linken Arm auf und rief: „Dat's blot Kinnerspeel — los up den Garpenvagel!" Doch die Enterhaken hatten unter dem pommerschen Greifen noch nicht fest gepackt, auf das Gebot des Königs war es blitz- schnell gelungen, sie mit Axthieben zu kappen und mit Klüverstangen die dänische Kogge von der ‚Gesa' abzu- drängen. Eine Wasserlücke klaffte zwischen beiden auf, und jetzt kam der Wind, der Ost, der den Nord nieder- gerungen, der ersteren zur Hilfe, entriß sie aus der töd- lichen Umarmung. Ihre geschwellten Segel retteten sie davon, während ihre Gegnerin sich beschwerlich gegen den Widerwind drehen mußte, um ihr nachfolgen zu können. Als sie's ins Werk gesetzt und auch ihre Segel sich wieder bauschten, zog der pommersche Greif hastig an Stralsund vorüber. Nun lief die ‚Gesa' hinter ihm drein; wie ein gehetztes Wild floh Erich von Pommern über die schäumenden Wellen, sein eignes Blut machte Jagd auf ihn. So ging's nordwärts durch den Strela=Sund in den Kubitzer Bodden hinaus, doch der Greif hatte zu weiten Vorsprung gewonnen, ließ sich nicht zum andernmal fassen. Das Admiralschiff allein entkam durch den Gellen in die See, die sechsundsiebzig andern der dänischen Flotte waren von sechs hansischen Koggen niedergerannt, verbrannt, geentert, als Beute weggeschleppt. Das war der größte Tag, den Stralsund je gesehen; an ihm verlor die Insel Strela ihren alten Namen und erhielt den neuen ‚Dänholm'.

Sonnenuntergang nahte heran, als die ‚Gesa', nachdem sie von der vergeblichen Jagd abgelassen, mit vielen Kreuzschlägen nur mühsam und langsam gegen den Ost zur Ladebrücke herankam. Doch auf dieser stand noch die ganze Stadtbevölkerung wartend zusammengedrängt, empfing das anlegende Schiff mit unermeßlichem Jubelgeschrei; unter den vordersten leuchtete des Altburgemeisters weißer Kopf, von dem er den Hut abgezogen. Jörg von der Lippe stieg vom Kastell herab, diesmal begleitete ihn die junge Gesa, ihre Mutter blieb am Deck zurück. Wie die beiden ans Land traten, fielen die Frauen und Mädchen umher auf die Knie und riefen: „Se is dun'n Hewen ballamen un hett us holpen!"

Aus Herrn Nikolaus' Augen war das irre Geflacker vom Mittag weggeschwunden; die Menge um Kopflänge überragend, stand er mit stolzem Gesichtsausdruck. Als der Junge an ihn herangeschritten, streckte er ihm ohne Wort die Hand entgegen, doch Jörg sagte: „Mit be geiht dat hüt bi mi nich, Herr Vadder, ji möt mit de Luchterhand vörleef nehm. Awers de Garpers hett se Jüm bröcht."

Er faßte mit der Linken die Rechte des Vaters, der nichts erwiderte, als: „Du büst min Söhn." Nun drehte der Alte die Augen nach Gesa, sah sie an und setzte hinzu: „Is dat min Dochter?"

„Wenn up dat Wort vun Niklas vunne Lipp to stahn is, denn warrd se dat."

Ohne Troß, doch auch ohne Scheu, von sichrem Augenaufschlag begleitet, kam's dem jungen Sieger vom Mund. Sein Vater hielt den Blick noch auf das Mäd- chen gerichtet und fragte: „Wat is din Nam?"

Ihn gleichfalls furchtlos ansehend, antwortete sie: „Gesa". Schweigend holte der Alte noch einmal Atem, dann sagte er: „Jörg vunne Lipp mutt dat weeten. Kumm in min Hus, Gesa."

*   *   *

Ein Junitag sah festlichen Aufzug auf dem Alten Markt, von dessen Boden die Blutfarbe weggescheuert worden; die ganze Stadt drängte sich Kopf an Kopf auf dem Platz und in den anstoßenden Gassen zusammen, um dem Hochzeitsgang des Siegers vom Dänholm beizu- wohnen, Glockengeläut wogte von allen Türmen. Herr Nikolaus war ein sparsam beflissener Hausvater, doch er hatte für seinen Sohn und dessen Braut bis zur Sankt Nikolaikirche lündisches Tuch legen lassen; darauf führte er seine neue Tochter hinüber, und ihr Vergleichbares hatte Stralsund niemals gesehen. Nicht Ähnliches an königlicher Pracht, in der das Enkelkind Claus Störte- bekers dahinschritt, doch noch weniger an zauberischer Schönheit einer Braut. Menschenalterlang neideten Volks- lieder auf den Gassen Jörg von der Lippe um sein junges Weib.

Anders ſah's um die gleiche Zeit drüben am Nore=
ſund aus, dort bewegte ſich durch die Straßen Kopen=
hagens ein ſpärliches Totengeleit, das die Königin Philippa
zur Gruftſtatt brachte. Ihre Hoffnung, ſich die Gunſt
ihres Gemahls zu gewinnen, war von der budeſchen Hanſe
zerſchlagen worden; in Grimm und Wut als Flüchtling
heimgekehrt, hatte er ihr den Dank für die ſiebenund=
ſiebzig Schiffe mit wilder Mißhandlung entrichtet, und
zehrender Gram legte die noch jugendliche Plantagenet=
tochter früh in den Sarg. So erlebte ſie's nicht mehr,
daß Schweden ſich gegen den Unionskönig auflehnte, raſch
danach Norwegen das Gleiche tat und dann auch Däne=
mark ihn durch einen Abſagebrief ſeiner Reichsräte vom
Thron hinabſtieß, den ſie ſeinem Schweſterſohn, dem
Pfalzgrafen Chriſtoph von Bahern, darboten. Der Tag
von Stralſund war's, der ſein Geſchick entſchieden und die
Hanſe zum alten Glanz, zu feſtem Zuſammenſchluß wieder
emporgehoben hatte; auch das lau gewordene Lübeck trachtete
jetzt danach, ſich ſeines Ruhms und Ranges als Bundes=
hauptſtadt aufs neue würdig zu erweiſen, um nicht, von
der mächtig an Anſehn aufgeſtiegenen Nachbarſtadt am
Strela=Sund überflügelt, Vorrang und Führung der Hanſe
einzubüßen.

Erich von Pommern aber führte jetzt aus, was er
als Knabe abenteuerlich im Sinn getragen. Bei Nacht
und Nebel verließ er mit den Krongeſteinen ſeiner ver=
lorenen Reiche und den von ihm angeſammelten Reich=
tümern ſeine Kopenhagener Schloßburg und fuhr nach der
Inſel Gotland hinüber. Dort ſetzte er ſich in der ver=
fallenen, einſt von ſeinem Urältervater Waldemar Atter=
dag durch Trugliſt eroberten und zerſtörten Stadt Wisby
feſt, rüſtete Schiffe, für die er tollverwegenes Volk an=

warb, und ward zum Seeräuber; Henning Manteuffel und
Hanns Moltke scheinen ihn mit ihrer reichen Erfahrung
dabei als Hauptleute unterstützt zu haben. Seine Hand
war gegen alle, mit gleichem Rachedurst überfiel er jeden
hansischen und skandinavischen Kauffahrer, den er über-
wältigen konnte, schleppte ihn als Beute in seine Fels-
schlupflöcher an der verrufenen Inselküste heim.

Eine Anzahl von Jahren verbrachte Gesa, die Mutter,
im Stralsunder Hause Jörgs von der Lippe, schaukelte,
anscheinend ruhig-befriedigt, sich mehrende Enkel auf ihren
Knien, spielte mit ihnen und lachte dazu mit dem eigen-
artig hellen Klang. Doch eines Morgens war sie über
Nacht verschwunden, hatte hinterlassen, sie wolle das Kreidehaus auf Jasmund noch einmal aufsuchen, komme von
dort zurück. Sie kehrte aber nicht wieder, blieb ver-
schollen, und erst nach Jahren ward durch Zufall kund,
daß jemand sie auf Gotland gesehen habe. Von unbe-
zwinglichem Drang getrieben, war die Seeräubertochter
zu dem Seeräuber gegangen, der sie einst in der Mondnacht auf Wollin zwischen den Trümmerresten der Palna-
tokeburg angetroffen. Das Alter mochte die Erinnerung
daran wie schwellende Flut in ihr wieder aufgeweckt und
den Haß aus ihrem Blut weggeschwemmt haben; so hatte
sie's zu dem früh gealterten und verwitterten Nachfahren
der alten Vikinger hinübergedrängt, im Gefühl, daß sie
unlösbar zu ihm gehöre, das Mißgeschick seines Ausgangs
teilen müsse. Denn übel erging's ihm mehr und mehr;
auf dem „Hansetag‘ war schon öfter gefordert worden, man
solle zurüsten, mit Gewalt das Raubnest auf Wisby aus-
zunehmen, doch Lübeck hatte halb spöttisch, halb aus einem
Mitleid mit der gefallenen Größe gegengehalten: der arme
König müsse doch etwas haben, wovon er sich nähre; selt-

same Widersprüche vereinigte die Zeit in sich. Dann aber handelte Karl Knudson, der neue König von Schweden, mit weniger Schonung, verjagte den Seeräuber aus seinem gotlandischen Felsenhorst, und über das baltische Meer floh Erich von Pommern in die ärmliche Väterburg bei Rügen= walde zurück, von wo einst Margarete Sprengehest ihn vor einem halben Jahrhundert auf den Thron der nordi= schen Reiche berufen. Dorthin soll ihn ein weißhaariges Weib mit noch schön erhaltenen Antlitzzügen begleitet und am Strande, der seine Knabenspiele gesehen, ihn manchmal als schwach auf den Füßen einherschwankenden Greis mit ihrem Arm gestützt haben. Die letzte Kunde aber von Erich von Pommern berichtet, daß er, auch darin seinem Ahnherrn Waldemar nachgeartet, am Schluß seiner Tage mit dem Gleichmut eines Weisen auf sein vielbewegtes Leben zurück und auf die Eitelkeit alles vergänglichen irdischen Hoheitsglanzes niedergesehen. — —

Die Macht der dudeschen Hanse ist seit langem von den nordischen Meeren weggeschwunden, die sie nicht mehr mit ihren Orlogskoggen beherrscht. Jahrhunderte hindurch ging der reiche Handel der Seestädte und mit ihm ihre Blüte zurück, abhängig von der Überkraft und Willkür derer geworden, denen sie ehemals ihre Gebote vorge= schrieben. Vom zerrissenen römischen Reich deutscher Nation im Stich gelassen, wurden die Osterlinge und Westerlinge zum Spielball und Spott der Holländer und Engländer, selbst des kleinen Völkchens der Dänen.

Lernen wir etwas aus der Betrachtung der Ver= gangenheit, der Geschichte des Hansebundes? Eines ge= wiß, die unumstößliche Wahrheit des Wortes von Spinoza, daß jeder nur so viel Recht besitzt, als er Kraft hat, es zu behaupten. Und die Hanse lehrt, daß dazu nicht allein

die Herrschaft auf der See gehört, sondern zu ihrer Fort=
erhaltung auch die feste Zusammenfassung der Kraft unter
einen Willen, eine gebietende Führung.

Die hansischen Koggen wären heute troß ihren stolzen
Kastellen ohnmächtige Kinderspielzeuge. Unsere Tage for=
dern zu dem eisernen Willen auch eisern gepanzerte Schiffe.
Die zu schaffen, jedem Widersacher an Zahl und Kraft
ebenbürtig, ist die oberste, die drangvollste Pflicht des
neuen deutschen Reiches, und dann: „Hier wieder dudesche
Hanse rund um den Erdball!"

Druck von Hesse & Becker in Leipzig.